Future Fiction

Collana diretta da

Francesco Verso

Ciclotopia

Fantascienza femminista su due ruote

A cura di Francesco Verso
Traduzione di Chiara Rizzo e Viola Volpi

Associazione culturale Future Fiction
Via Valentiniano 40 – 00145 Roma
P. IVA 15586791004
ISBN: 9788832077698

Titolo *Ciclotopia – Fantascienza femminista su due ruote*

© 2023 Future Fiction, Roma
I edizione febbraio 2023
info@futurefiction.org

Pedalare sul posto

di Sarena Ulibarri

traduzione di Chiara Rizzo

Sarena Ulibarri ha partecipato al Workshop Clarion Fantasy e Science Fiction Writers a San Diego e ha conseguito un Master in Fiction Writing presso l'Università del Colorado, Boulder. Le sue storie sono state pubblicate su riviste come Lightspeed, DreamForge *e* GigaNotoSaurus *e su antologie come* Biketopia *e* The Gamer Chronicles. *È caporedattrice di* World Weaver Press, *ha curato le antologie* Glass and Gardens: Solarpunk Summers *(2018),* Glass and Gardens: Solarpunk Winters *(2020) e co-curato* Multispecies Cities: Solarpunk Urban Futures *(2021). Il suo sito web è: www.SarenaUlibarri.com*

Colette fissava il contorno blu della Terra mentre pedalava sulla cyclette. Mancavano ancora solo tre settimane. Più di tutto le mancava il sole, cosa che non avrebbe mai ammesso con la figlia, che si era da poco unita al culto della dea del sole. Colette si era opposta alla sua adesione, ma essere arruolata nelle miniere di asteroidi aveva fatto svanire la sua autorità di madre. Dall'orbita, le poche volte in cui era visibile, il Sole emanava un bagliore freddo. Senza un'atmosfera a permettergli di splendere, era solo un'altra stella.

Qualcun altro era salito sulla bici accanto alla sua. Colette mantenne lo sguardo sul pianeta fino a che la rotazione della stazione non lo spinse lentamente oltre la finestra. Si sforzò di più, puntando a quel momento in cui si sarebbe sentita solida come sulla Terra con la gravità che le premeva contro le ossa. Se avesse spinto abbastanza forte, le sarebbe quasi sembrato che la bici potesse davvero portarla da qualche parte. Le ruote continuarono a girare, così come la stazione, che si lanciava a una velocità vertiginosa intorno alla Terra. Tutta rotazione e rivoluzione, ma niente andava avanti, se non il tempo. Raggiunto il picco, rallentò e pescò il tubicino dalla confezione per bere un po' d'acqua. Chiuse gli occhi, con il sangue nelle gambe che ancora pompava ma che pian piano si andava placando.

"Stai sognando l'utopia?" le chiese l'altra persona.

Colette sbuffò. "Non credo nell'utopia."

"Perché no?"

"Perché ci vive la gente." Colette aprì gli occhi e guardò la sua interlocutrice. "Oh, scusa," disse. "Non mi ero accorta che fossi... che sei..." Non era ancora sicura del termine giusto per indicare i lavoratori IA che popolavano le stazioni minerarie insieme ai minatori umani arruolati. 'Robot' le suonava così grezzo.

L'intelligenza artificiale sorrise in modo gentile a Colette, una piccola piega si formò all'angolo dei suoi occhi. Pedalò più veloce mentre Colette rallentava. I lavoratori IA erano indistinguibili dagli umani tranne che per le loro teste glabre e un pallido luccicore della pelle. Questo, certo, e la capacità di trasformare all'istante i propri arti in qualsiasi strumento fosse necessario, come dei coltellini svizzeri portatili. Oltre al fatto che non avevano bisogno di tute spaziali per uscire sull'asteroide, Colette si chiedeva perché si prendessero ancora la briga di arruolare gli umani nelle miniere. Di sicuro a decidere erano state le stesse persone che avevano chiesto a tutti di dedicare tempo alle fattorie verticali locali. Così sapevi da dove venivano il tuo cibo, i tuoi pannelli solari e i tuoi circuiti stampati. Aveva senso da un punto di vista astratto, ma nella pratica strappava le persone dalle loro vite nei momenti sbagliati.

"Sì," disse l'IA. "Capisco perché la presenza delle persone renderebbe difficile la perfezione. Preferiresti essere *lì* però?" Indicò la Terra dalla finestra.

"Oh, certo," disse Colette. "Dove vivo io ci sono piste ciclabili alberate che si possono percorrere per tutta la città. Risalgono a spirale anche all'esterno degli edifici e si può pedalare fino ai parchi sui tetti." Colette si fermò e scese dalla bicicletta.

L'IA annuì. "Mi piacerebbe vederlo un giorno."

Colette si asciugò il sudore e lasciò la palestra con un disinvolto: "Ci vediamo in giro." Solo quando aprì la porta della sua stanza la stranezza delle parole dell'IA la colpì. Una lavoratrice IA voleva visitare la Terra?!

Trascorse un'altra noiosa settimana di scalpellatura ai giacimenti di minerali e ad analizzare le scaglie di pietra. L'asteroide faceva il giro del pianeta una volta ogni ventitré ore, quindi i minatori potevano ancora fingere che ci fosse qualcosa come il giorno e la notte, se lo avessero voluto. Colette vide l'IA della palestra un paio di volte, alla deriva attraverso i buchi da formaggio svizzero dell'asteroide con nient'altro che una catena intorno alla vita. Le IA scivolavano nello spazio come delfini, mentre gli umani manovravano con la grazia di un elefante marino.

Era passata una settimana dal loro primo incontro quando Colette trovò di nuovo l'IA in palestra che già pedalava. Colette appoggiò l'asciugamano sul manubrio e salì.

"Pensavo che le IA non avessero bisogno di esercizio," disse.

"Non ne abbiamo bisogno," rispose l'IA. "Ma anche gli umani fanno molte cose che non hanno bisogno di fare."

"Abbastanza vero," disse Colette. Iniziò a pedalare, sussultando per la debolezza delle gambe. "A noi serve un sacco, però. Mi stupisce che questo posto non sia sempre pieno di gente."

In effetti, tutte le altre bici erano vuote. Gli umani avrebbero dovuto visitare la palestra ogni giorno per mantenere la densità ossea, ma nessuno osservava la regola. Colette ci sarebbe andata, che fosse obbligata o no. Solo altre due settimane e avrebbe sentito il vento sul viso mentre pedalava.

"Come ti chiami?" chiese Colette.

"Otto Dieci," rispose l'IA.

"Non hai un nome più... informale? Per esempio... come ti chiamano i tuoi, ehm, amici robot?" Colette distolse lo sguardo imbarazzata e pedalò più forte. La formazione dei minatori riguardava la geologia e la chimica dell'asteroide, insegnava ad aggirare gli esplosivi e come limitare gli effetti negativi dello spazio sul corpo umano. Il programma copriva tutto tranne come parlare con un robot.

"Comincia a suonare come un nome se lo pronunci abbastanza spesso."

"Otto Dieci," provò Colette. "Sicuro."

Non sembrava per niente un nome. Sembrava uno di quei soprannomi di gruppo che i membri del culto della dea del sole assumevano quando ne entravano a far parte, quando tentavano di abbandonare la loro individualità, parlando col 'noi' invece dell''io'. Diversi mesi prima che Colette fosse arruolata, la figlia aveva smesso di rispondere al nome 'Marisol', e la cosa la faceva impazzire.

"Qual è il tuo posto preferito sulla Terra?" Chiese Otto Dieci.

Colette sorrise. "Non ho visto l'intero pianeta."

"Tra quelli che hai visto, allora."

Ci pensò su. Il battito del cuore le rimbombava nelle orecchie. Fece un respiro profondo e cercò di mantenere il ritmo sulla bici. Le gambe le bruciavano.

"Forse i giardini di vetro colorato," rispose alla fine. "Non ricordo come si chiamano davvero, sembra una lunga serra a forma di serpente. Sono diversi chilometri di sentiero sterrato con piante lungo tutti i lati. Le pareti e il soffitto sono in vetro colorato con dei ritratti di uccelli, come pappagalli o gufi. Sono tutti fatti di pannelli solari, ovviamente."

"Certo," fece eco Otto Dieci.

Tutto era fatto di pannelli solari. Erano nelle loro finestre, nei loro vestiti, nei loro marciapiedi. La terra traboccava dell'energia del sole, anche negli angoli bui o piovosi. Ecco perché i minatori si trovavano lì: un mondo così dipendente dal silicio minacciava di trasformare i deserti della Terra in infinite cave di sabbia fino a quando non erano riusciti a portare in orbita alcuni asteroidi. A quel punto i deserti potevano essere ripristinati come il resto del pianeta risanato, mentre il vetro e l'oro provenivano direttamente dalle stelle.

"Ero solita portarci mia figlia," disse Colette.

"Non sono dei ricordi felici?" Otto Dieci doveva aver colto il tono della voce di Colette.

"Lo sono. Ma abbiamo avuto delle divergenze da allora. Non mi piace il culto della dea del sole a cui si è unita e a lei non piace che lo chiami culto."

"Non è un'utopia se ci sono delle figlie disobbedienti," concluse Otto Dieci.

Colette terminò il suo giro in bicicletta in silenzio. Cercò di pensare ai giardini di vetro colorato, alla sensazione del sole che scaldava la schiena mentre attraversava la città in bici, ma tutto ciò che riusciva a ricordare erano i giorni in cui faceva così caldo che tutto era stato chiuso perché era pericoloso stare fuori. Era stato proprio in uno di quei giorni di reclusione che Marisol aveva annunciato per la prima volta la sua intenzione di unirsi al culto della dea del sole.

Colette ansimò attraverso il suo ultimo miglio. Altre due settimane.

"Le IA non hanno mai lasciato la stazione, vero?" chiese Colette al medico che la stava visitando "per la preparazione al rientro. Ancora una settimana prima di tornare sulla Terra. Per sempre, se era fortunata. Aveva visto Otto Dieci in palestra diverse altre volte e ogni volta 'l'intelligenza artificiale le aveva chiesto di descrivere qualcosa della Terra.

"No," rispose la dottoressa. "Sono state costruite qui sulla stazione."

"E quando muoiono?"

"Beh, non muoiono davvero... Ma se smettono di funzionare, possono essere riciclate." Digitò alcune annotazioni e poi le disse: "Dovresti avere effetti collaterali minimi una volta tornata sulla Terra. Continua a fare quello che stai facendo fino alla prossima settimana e dovresti stare bene."

Colette si guardò le mani. "Riciclate."

"Ah," disse la dottoressa. "Sì, è comune empatizzare con le IA quando non stai con loro da molto tempo. Ma pensala in questo modo. Se le loro parti vengono smontate e riciclate in una macchina diversa, è davvero diverso da un corpo organico che viene decomposto e riutilizzato dalla Terra?"

"Questo dovrebbe essere confortante?"

La dottoressa scrollò le spalle. "So che sembrano molto vivi, ma non sono davvero umani."

Colette alzò lo sguardo su di lei. "Gli umani hanno una lunga storia in cui hanno sostenuto che certe persone non sono davvero umane."

Lei si accigliò. "Questo caso è molto diverso."

"Uhm..." disse Colette. "Forse."

"Perché vuoi visitare la Terra?" le chiese Colette prima ancora di salire sulla bici.

Otto Dieci pedalava con costanza. "Sembra bellissima."

"Puoi ottenere lo stesso effetto visitando i giardini della stazione," disse Colette, ma sapeva che non era vero. I giardini erano belli, ma non era come camminare attraverso un arboreto cittadino, tanto meno una vera foresta o una giungla. Altri tre giorni.

"Non voglio vivere lì," disse Otto Dieci. "Voglio solo visitarla. Andare in giro e vedere con i miei occhi l'utopia che abbiamo contribuito a creare."

"Non è un'utopia," rispose Colette, in maniera quasi automatica. Ma credeva di aver capito. I lavoratori umani venivano inviati nelle miniere di asteroidi in modo che potessero toccare con mano la fonte della loro abbondante energia, comprendere il lavoro e la fatica che c'erano dietro le loro comodità quotidiane. Perché allora non dare ai lavoratori 'IA la possibilità di vedere i benefici del *loro* duro lavoro?

Pedalavano in silenzio, si sentiva solo il sibilo delle ruote e lo sbuffo del respiro di Colette. Quel giorno si sentiva come se non stesse andando da nessuna parte, come se stesse pedalando sul posto. Altri tre giorni e avrebbe potuto andare in bici per tutta la città o anche fuori, tra le foreste, se avesse voluto. Dopo un momento, diede un'occhiata a Otto Dieci.

"Hai chiesto ai supervisori di farti scendere con una delle navette?"

"Sì."

"Cos'hanno detto?"

Otto Dieci smise all'improvviso di pedalare e scese dalla bicicletta. "Hanno detto che sono una macchina, quindi non posso sapere cosa desidero."

Il giorno dopo, nel bel mezzo di un cambio di turno, erano scattati gli allarmi. Il protocollo di allarme era come il regime di esercizio; tutti avrebbero dovuto impararlo e praticarlo, ma la maggior parte delle persone non lo faceva. Le IA si ritirarono con calma alle loro stazioni di attracco mentre gli umani urlavano e correvano come animali spaventati. Le luci lampeggiavano e le sirene suonavano. Annunci confusi ordinavano alle persone di raggiungere l'hangar delle navette.

Colette, appena uscita dal suo turno, si sfilò a fatica la tuta spaziale e si affrettò in quella direzione. Si sentiva sia terrorizzata che euforica. Gli allarmi significavano pericolo, ma un'evacuazione significava che i suoi ultimi due giorni si erano ridotti a zero.

Le navette vennero espulse, precipitando verso il pianeta. I corpi si riversarono sui pochi posti rimasti, sistemandosi sui sedili. Colette continuò a spingere verso i posti vuoti appena prima che si riempissero. Si guardò intorno in cerca di un posto libero e diede una seconda occhiata a una delle donne che si stava allacciando la cintura di sicurezza.

Era Otto Dieci con indosso una parrucca castana attillata e il trucco spalmato sul viso per nascondere la pelle cerea. Anche Otto Dieci riconobbe Colette. Gli occhi dell'IA la supplicavano.

"Non c'è più spazio!" gridò qualcuno. "Tutti quelli che non hanno le cinture devono uscire e trovare una navetta diversa."

Colette fece un passo verso Otto Dieci e poi si fermò, le parole che avrebbero tradito la presenza dell'IA le rimasero in gola.

"Fuori! Fuori!" gridarono parecchie persone. Colette esitò ancora un momento, poi scese dalla navetta.

Il portello si chiuse e la navetta decollò. Gli allarmi suonavano ancora. Colette corse a controllare le altre navette ma erano partite tutte. Lei e una dozzina di altri umani erano rimasti lì, per lo più supervisori e ingegneri rotazionali che sembravano rassegnati a essere stati lasciati indietro. Perché non avevano navette sufficienti per tutti? Nessuno, umano o IA che fosse, sarebbe dovuto restare in caso di pericolo.

Colette tornò con passo lento in palestra. Aveva ancora la migliore visuale della Terra che poteva trovare sulla stazione, ma non era in vista proprio in quel momento. Otto Dieci aveva fatto scattare gli allarmi in modo da poter fuggire durante il caos? Oppure aveva approfittato di un vero allarme? A quel punto, non importava più. Colette aveva rinunciato al suo posto e non era possibile invertire le rotta della navetta. Toccò lo schermo di uso generale appena oltre la porta, inserì il suo ID lavoratore e poi chiamò sua figlia. Con sua sorpresa, lei rispose, sebbene l'immagine fosse instabile, come se stesse camminando da qualche parte.

"È tutto soleggiato?" chiese Marisol. "Abbiamo appena ricevuto l'allarme di emergenza."

Quel plurale 'urtava Colette anche in quel momento. "Non sapevo che ricevessi quegli avvisi."

"Certo che li riceviamo. Cosa sta succedendo?"

Colette scosse la testa. "Non lo so. Ma tutte le navette sono partite."

Sua figlia smise di camminare e con il viso occupò del tutto l'inquadratura. "Partite?"

"Ascolta, Marisol, ho bisogno che tu faccia qualcosa per me, per favore. Le navette atterreranno tra circa un'ora e all'interno di una di queste c'è un'IA che ha bisogno di protezione. Vedi se le Sorelle del Sole possono aiutarla... Non lasciare che la rimandino subito indietro e non permettere che sia riciclata o imprigionata. Per favore, è importante per me." Non contava quale fosse la verità, Colette voleva solo che il suo sacrificio non fosse vano, affinché l'IA potesse vedere la Terra che desiderava visitare in maniera così disperata.

Marisol strizzò le palpebre, mentre il suo sguardo vagava qua e là, intanto che elaborava la richiesta.

"Okay!" Acconsentì alla fine, le sillabe piene di sorpresa e determinazione. "Va bene, possiamo farlo."

"Devo andare." La testa di Colette doleva per il continuo trillo degli allarmi. Si avvicinò per spegnere lo schermo.

"Mamma," disse Marisol. Colette si fermò. "Spero che vada tutto per il meglio alla stazione," concluse la figlia e lo schermo diventò nero. Colette chiuse gli occhi. Quella conversazione era forse quanto di più intimo a cui sarebbero mai potute arrivare. Marisol aveva usato il singolare invece che il plurale, era una piccola vittoria. Allo stesso tempo Colette aveva chiamato il gruppo di sua figlia con il loro vero nome, le Sorelle del Sole, piuttosto che 'il culto della dea del sole'. Un compromesso. Non era poi così male.

Mise le mani sul manubrio, montò sulla cyclette e iniziò a pedalare sul posto. Fissò la finestra e attese l'arrivo del bordo blu del pianeta.

Forse la Terra era davvero qualcosa di simile a un'utopia, dopotutto. Forse i giorni torridi, le tempeste devastanti, le battaglie familiari', le ingerenze politiche, facevano tutti parte di quell'utopia. Perché, rifletteva mentre pedalava, le persone non potevano essere felici solo pedalando sul posto. Avevano bisogno di andare in bici sulle colline, di aggirare gli angoli. Avevano bisogno di ostacoli, di stimoli per migliorarsi, di arrivare al traguardo prima della persona accanto a loro. Di guardare indietro al percorso già fatto per sapere che erano arrivati da qualche parte.

La Terra spuntò dal bordo della finestra e gli allarmi si zittirono. Qualcuno era passato davanti alla porta della palestra aperta, dicendo a qualcun altro: "Falso allarme, qualcosa di strano nei circuiti."

Colette emise un lungo sospiro di sollievo. Immaginò Otto Dieci con le sue braccia robotiche trasformate in strumenti che manipolavano clandestinamente i circuiti per attivare gli allarmi.

La Terra ora riempiva la finestra. Due giorni, o forse un po' di più dopo tutto quello che era successo, ma ben presto Colette avrebbe camminato di nuovo sulla superficie del pianeta. Quel giorno però, una volta atterrata la navetta, Otto Dieci avrebbe visto per la prima volta la sua utopia.

PERDITA DI SEGNALE

di Gretchin Lair

traduzione di Chiara Rizzo

Gretchen Lair è un'astronoma non richiesta che finge pazienza, un'avventuriera gentile, calligrafa in via di guarigione, poetessa incompiuta e geek obsoleta. È allergica alla coercizione, soprattutto quando viene spacciata per un vantaggio. gretchin@scarletstarstudios.com

Mentre Tara armeggiava per mettere a tacere il suo dispositivo dati, una delle notifiche la risvegliò del tutto:
•Congratulazioni! Sei incinta!
Tara si mise a sedere sul letto e sorrise. David stava ancora dormendo, ma lei non riuscì a resistere a uno squittio di gioia. Scorse tutte le notifiche sulla sua salute:

- I NutriObiettivi di Oggi
- Attività di Oggi
- Modifiche allo Stato dell'Assicurazione CareFull
- Modifiche agli Obiettivi di Benessere CareFull
- Tu e il tuo bambino: Settimana 1
- [CHIAMATA] Appuntamento prenatale programmato
- Iscrizione a Gravidanza, Esercizi e Nutrizione (GEN)
- Richiesta di accesso a Toys "R" Us® WellOne
- Richiesta di accesso per Babies "R" Us® WellOne
- Richiesta di accesso per Johnson & Johnson®

WellOne

Quando finalmente raggiunse di nuovo la notifica di gravidanza, esaminò in maniera avida i dettagli:

- Impianto confermato alle 2:34 del mattino
- Data di scadenza prevista: 38 settimane, 3 giorni
- Livelli di hCG: OK
- Punteggio di Sviluppo Fetale: 5/5

Incapace di trattenersi, diede una gomitata a David.

"Che succede?" chiese lui. Intanto che si girava, anche il suo dispositivo suonò. Lo afferrò aprendo pian piano gli occhi, ma Tara si sporse rapida e lo afferrò.

"Aspetta, no! Non guardare! Lascia che te lo dica io!"

David sbatté le palpebre assonnato e si alzò su un gomito. "Dirmi cosa?"

"Aspettiamo un bambino!"

David sorrise. "Aspettiamo un bambino?"

"Hai capito bene, aspettiamo un bambino!" gridò Tara, appoggiando entrambi i dispositivi sul comodino prima di balzare tra le sue braccia.

Finita la colazione, David fece le pulizie. Poi scorse le notifiche sulla salute, fino a rileggere quella sulla gravidanza e sorrise.

Sentì tre lenti bip dal garage mentre Tara preparava la sua bici per andare al lavoro. Inclinò la testa mentre chiudeva la lavastoviglie. Di nuovo, tre beep lenti.

Il battito di David accelerò. Dopo l'incidente di Tara, avevano deciso di condividere i battiti del cuore in modo che non si preoccupasse troppo quando lei andava in bicicletta. Di solito era di conforto, ma a volte tradiva la paura che cercava di nascondere.

"Tutto bene lì dentro, tesoro?" chiese David, con dolcezza.

Tara emerse, accigliata: "'Modalità di protezione fetale attivata'. Dice che ho bisogno di un intervento medico."

"Che cosa?" Chiese David. "Fammi vedere."

Si fermarono vicino alla bici per leggere l'avviso.

"Hmmm... Hai ragione. Quando è programmato il tuo appuntamento prenatale?"

"Non prima di tre settimane!"

"Beh, possiamo condividere una macchina," suggerì David. "Ne ho programmata una per oggi, puoi venire con me fino a quando non vai dal dottore. Meglio prevenire che curare."

Probabilmente sembrava un po' più sollevato di quanto avrebbe dovuto, mentre Tara rientrava in casa sbattendo i piedi.

Dopo il lavoro Tara entrò raggiante nel ristorante. Lei e David ci andavano da quando avevano iniziato a convivere e Don, il proprietario, aveva sempre un sorriso per loro. Lo schermo dell'host emise un segnale acustico e, dopo uno sguardo sorpreso, Don gli sorrise ancora più ampiamente; "Ehi, congratulazioni per il bambino!"

"Grazie!" cinguettò Tara, quasi saltellando verso il loro tavolo preferito dove David l'aspettava. Si tenevano per mano e sorridevano raggianti.

Don la seguì: "Il solito?"

"Sì, per favore!" dissero in coro. Tara riportò la sua attenzione su David. "Ho avuto una giornata così bella oggi!" esplose.

"Già, sembri piuttosto felice," concordò, "ero preoccupato che potessi essere ancora arrabbiata per la macchina."

"Oh, no, l'auto era fantastica! Sono ancora infastidita da quell'annuncio 'Modalità di protezione fetale', ma mi è piaciuto come ha regolato il sedile e tutto il resto per me. Anche la temperatura!"

"Beh, sono contento che ti sia piaciuto. Puoi venire con me fino a quando ti va."

"Ehi, indovina un po'? Sarah ha detto che avrò tre giorni personali in più durante la gravidanza e l'accesso automatico all''infermeria."

"Pensavo che non volessi ancora farlo sapere a lavoro," disse David. "Soprattutto al tuo capo."

"Sì, anch'io sono rimasta un po' sorpresa, ma a quanto pare le risorse umane hanno aggiornato il mio profilo aziendale. Quindi Sarah mi ha parlato dei nuovi vantaggi e cose del genere."

"Credo che abbia senso," rispose David. "Ehi, dove hai preso quelle citazioni che mi hai inviato oggi?"

"Giusto, CareFull mi ha inviato dieci dollari di sconto sul mio primo download di libri per bambini! Vale 500 punti per il nostro sconto sugli obiettivi di benessere. A proposito, hai visto i miei NutriObiettivi oggi?"

"Ho visto che il tuo grado era più alto del mio," disse David, cercando senza successo di sembrare sconvolto.

"Esatto! Poi oggi, quando la caffetteria ha scansionato il mio chip, mi hanno dato un menù speciale 'adatto al feto' e ho ordinato la ciotola di riso integrale. Non è fantastico? Quando pranzo con Jenny le danno sempre le 'opzioni a basso contenuto di sodio, ma in realtà non era mai successo *a me* prima!"

"Beh, allora è davvero un giorno speciale," scherzò David. Tara alzò gli occhi al cielo, ma sorrise.

Don tornò con una faccia seria: "Scusami ma non posso darti il tonno. Cos'altro posso portarti?" Le porse un menu.

"Cosa?" chiese Tara.

"Sì, mi dispiace. Per via del bambino. Non puoi prendere neanche il sakè."

Abbattuta, Tara si rese conto che il menu 'adatto al feto'

non aveva molti dei suoi piatti preferiti: "Andiamo, Don. Stiamo festeggiando! Non posso avere *nessun tipo di* sushi?"

Don scosse la testa: "La mia assicurazione di responsabilità civile volerebbe alle stelle. I lettori di chip sanitari mi fanno un grande sconto per evitare allergie e restrizioni dietetiche." Poi le indicò: "Guarda, gli involtini di cetriolo sono buonissimi."

David domandò: "E *io* posso averlo il tonno?"

"Oh, sì, certo," rispose Don.

Tara fulminò David con lo sguardo.

"Umh, ripensandoci... gli involtini di cetriolo andranno benone," disse lui.

"Onestamente, sono sorpresa che tu le permetta ancora di guidare quella bici dopo l'incidente," disse Cheryl.

David tossì mentre posava la birra. Evitò con attenzione di guardare Tara, che stringeva forte il suo bicchiere di acqua frizzante.

"Cheryl, davvero?" disse Ellen, poi si rivolse a David. "Non stare a sentirla."

Erano seduti tutti insieme nella veranda sul retro della casa di Ellen in una fresca serata di primavera. Fili di luce proiettavano su di loro un caldo bagliore, mentre il resto della festa mormorava all'interno, punteggiato talvolta da risate e musica.

"Lui non mi *lascia* andare in bicicletta," disse Tara, ogni parola distinta e penetrante.

"Sto solo dicendo che..." continuò Cheryl, "ora che stai per avere un bambino, devi essere molto più attenta!"

"Quando sarai tu ad aspettare un bambino, potrai fare le cose come meglio credi." rispose Tara in maniera accesa. "Il mio punteggio di sviluppo fetale è 5 su 5, grazie mille!"

Prima che la discussione potesse degenerare, Amy e Justin emersero dalla casa, tenendo in braccio la loro bimba nata da poco. "Buonanotte! Anna è pronta per tornare a casa," annunciò Amy. Justin era raggiante.

Il viso addormentato di Anna sciolse subito la tensione e tutti si raccolsero attorno alla bimba per sussurrare i loro saluti.

"È così piccola!" Disse Tara.

"Già, è arrivata presto," disse Amy, strofinando la guancia di Anna. "Non vedeva l'ora di unirsi a noi, immagino!"

Justin disse: "Amy aveva il diabete gestazionale. Peccato non essersene accorti prima."

"Sì, la prossima volta dovrò per forza mettere un chip," disse Amy, dondolandosi avanti e indietro.

"Non avevi un chip?" le chiese Tara.

Amy sorrise mesta. "No, odio quelle cose! E odio anche le compagnie di assicurazione che ce li fanno mettere."

Justin disse: "Non è che ve lo *fanno* mettere..."

Amy rispose: "Beh no, ma abbiamo dovuto pagare una penale perché non l'avevamo!"

"Abbiamo perso l'incentivo," disse Justin.

"È la stessa cosa..." rispose calma Amy, alzando gli occhi al cielo. Si vedeva che era una discussione già avuta prima. "Ma ora che sono 'ad alto rischio' devo averne uno."

Cheryl rispose: "Ma se riesce a beccare in tempo qualcosa che non va... Meglio prevenire che curare."

Tutti annuirono.

"Sì, lo so," disse Amy. "Ma pretendono i dati sulla salute, in particolare quelli della gravidanza. Odio tutti quegli avvisi, aggiornamenti e spam, ma per mantenere l'assicurazione sanitaria, devo usare il chip."

Anna si spostò nel sonno, così Amy e Justin dovettero portarla via. Quando se ne furono andati, il dispositivo di Tara le offrì un aggiornamento sui progressi:

- Attività di Oggi: 3/5 stelle

- NutriObiettivi: 4/5 stelle
- Bassi Livelli di Vitamina E: mangia cibi come mandorle, spinaci e cavoli per aumentare i livelli di vitamina E!
- Punteggio di Sviluppo Fetale: 4/5

Il cuore di Tara sprofondò. Incrociò lo sguardo di David e sapeva che anche lui aveva visto diminuire il punteggio dello sviluppo fetale.

"Non me ne preoccuperei fossi in te," disse la dottoressa Coleman sorridendo come se le avessero fatto quella domanda molte volte. Era visibilmente incinta con il camice bianco che non si chiudeva sul ventre.

Tara si sedette sul bordo della sedia. "Ma cos'è che sto sbagliando? Mi impegno così tanto per fare andare tutto bene!"

"Il PSF varia molto facilmente. Non me ne preoccuperei finché non scende a due o a tre, e anche allora solo se durasse più di un paio di giorni."

"Allora perché mai hanno anche gli altri numeri? Pensavo che fosse importante venire da lei se qualcosa fosse cambiato!"

La dottoressa Coleman sospirò appena, il suo sorriso svanì. "Molte cose possono influenzare il tuo PSF di giorno in giorno... il sonno, lo stress, l'assunzione di acqua, cose così. E se ne possono sempre aggiungere altre. Ad esempio, io non ho problemi se dovessi usare l'Advil una volta tanto mentre sei incinta, ma WellOne aveva un consulente medico o un avvocato che non era d'accordo, quindi..."

"Ma io non ho preso l'Advil!"

La dottoressa Coleman le fece un cenno con la mano. "Stavo facendo solo un esempio. Non devono aver avuto molte donne incinte coinvolte nella realizzazione del PSF, o si sarebbero resi contro che ci fa impazzire. Ma in realtà non hai niente di cui preoccuparti."

La dottoressa voltò la sedia verso lo schermo e premette su alcune caselle che Tara non riuscì a vedere.

"Okay, ora diamo un'occhiata a quell'avviso sulla bici. È fantastico che tu voglia mantenerti attiva, davvero! Dico solo che vorremmo che stessi anche molto attenta. Quell'incidente che hai avuto un paio di anni fa ti colloca in una categoria ad alto rischio, quindi riceverai comunque un avviso ogni volta che usi la bici, ma scomparirà dopo pochi minuti. Se però, la tua frequenza cardiaca supererà i 130, riceverai un altro avviso. Ogni settimana scaricherò i dati dal chip e dalla bici per assicurarmi che tutto vada per il meglio. Se io se dovessi ricevere notifiche su problemi di equilibrio inserirò un altro avviso sull'uso della bici. Altrimenti, ci vediamo al controllo delle sedici settimane!"

Il primo giorno di sole dopo settimane, Tara sedeva singhiozzando sul marciapiede fuori dal mercato aspettando l'arrivo di David, con la bicicletta che giaceva accanto a lei.

"Sono venuto non appena ho visto l'avviso," disse David. "Cosa c'è che non va? Hai avuto un incidente?"

Tara gridò: "Non mi lasciano comprare la carne per il pranzo! O il formaggio! O lo yogurt!"

David sbatté le palpebre. "Yogurt? Ma credevo ti facesse bene..."

"Anch'io lo credevo! Ma immagino che sia stata approvata una nuova regola? Non erano molto sicuri, hanno solo detto che avrei dovuto chiamare la mia compagnia di assicurazioni. Chi fa queste regole, comunque? Qualcuno di loro è mai stato *davvero* incinta?" David si sedette, la cinse con un braccio, mentre lei poggiava la testa sulle ginocchia.

"Non ce la faccio più," disse con voce un po' smorzata. "Domani disattiverò il chip."

"Che cosa? No, non farlo. Lo so che è difficile ma..."

La testa di lei si alzò di scatto. "Non è difficile per *te*! A *te* lasciano comprare lo yogurt!"

"Ma..."

"Io non lo volevo nemmeno questo stupido chip! L'ho preso solo per lo sconto sull'assicurazione!"

I loro dispositivi suonarono nello stesso momento:

- Livelli di Cortisolo Elevati
- Avviso Frequenza Cardiaca Alta
- Avviso di Disidratazione

Tara ringhiò e si ritrasse di scatto, ma prima che potesse lanciare via il suo dispositivo, David glielo tolse gentilmente. "Senti, resta qui," disse. "Ti compro dello yogurt, okay?"

Tara annuì, con le labbra ancora contratte. "Okay. Fragola."

Quando David tornò con un bicchierino di yogurt e un cucchiaio di plastica, Tara stava fissando con sguardo assente il parcheggio. Non disse nulla mentre toglieva la stagnola e lo mescolava. Dopo alcuni bocconi disse: "Grazie. Stavo seriamente considerando il taccheggio."

David sorrise appena.

"È che non capisco cosa dovrei fare," continuò Tara. "Come posso completare i miei NutriObiettivi se non posso mangiare nulla?"

"Questo non significa che devi disattivare il chip, però. Non puoi chiedere al medico dei consigli sulla dieta?"

Tara sospirò e posò il bicchierino vuoto. "Non è solo questo, David. È tutto. Mi sento come se fossi sempre sotto un microscopio. Ci sono così tante regole e cambiano sempre. Immagino che i consigli, presi da soli, abbiano tutti senso, ma insieme... mi sento soffocare. E se mi portano di nuovo via la bici? E se decidono che non posso indossare gli stivali per qualche motivo? Vorrei fare la cosa giusta, ma non posso mai prendere le mie dannate decisioni! E mi sento come se fossi una persona orribile anche solo perché a desiderarlo..."

Tara distolse lo sguardo. "E anche al lavoro... La fotocopiatrice non mi permette di fare copie perché il toner potrebbe ferire il bambino. E... sai quella conferenza a cui dovevo andare? A quanto pare le compagnie aeree non ti permettono di acquistare i biglietti dopo venti settimane se hai un chip attivo. Quindi il mio capo ha riassegnato l'intero progetto a qualcun altro. Sto lavorando a quel progetto da sei mesi! Nessuno conosce quel progetto meglio di me!"

David si afflosciò. "Oh, merda, Tara...."

Rimasero seduti in silenzio sul marciapiede per un po', mentre i loro battiti cardiaci rallentavano e si sincronizzavano. I clienti che entravano nel negozio li guardavano incuriositi.

David prese fiato. "Senti, ho capito. Ma se il tuo chip sanitario non avesse attivato l'allarme di emergenza quando quel tizio ti ha colpito..." Tracciò la cicatrice sul braccio di lei. "Io non posso perderti, Tara. Non posso." Sorrise un po'. "Soprattutto adesso che aspettiamo un bambino."

Tara si alzò di scatto e afferrò la sua bicicletta. "Non *aspettiamo* un bambino, sono *io* quella incinta. Non provare mai più a dirlo."

La dottoressa Coleman rise. "Se pensi che sia difficile ora, aspetta di avere il bambino!" Si accarezzò la pancia.

Tara insistette. "Sul serio. Questo chip mi sta stressando. Voglio solo disattivarlo fino alla nascita del bambino."

"Tara, non credo che sia una buona idea. Non ci tieni ad avere un bimbo sano?"

Tara cercò di mantenere sotto controllo il tono di voce. "*Certo* che voglio un bambino sano. Ma molte donne riescono ad avere bambini sani anche senza il chip. Posso seguire le linee guida anche senza."

"Oh, ma è proprio per questo che i protocolli dei chip sanitari sono così utili," disse la dottoressa. "Adottano linee guida da tutti le parti del mondo, come l'Organizzazione Mondiale della Sanità, l'American Medical Association, l'Ufficio della California per la Valutazione dei Rischi per la Salute..."

La voce di Tara si alzò. "Esatto! Ci sono così tanti consigli che diventa tutto contraddittorio! Ricevo sempre avvisi! Mi sta facendo diventare pazza!"

La dottoressa Coleman si appoggiò allo schienale della sedia e scrollò le spalle in segno di scusa. "In realtà, ora che sei incinta, non posso disattivare il tuo chip..."

Gli occhi di Tara si allargarono. "Che cosa intende? È tipo illegale?"

"Oh, no, certo che no!" rispose la dottoressa Coleman, agitando le mani e sorridendo. "Ma la tua assicurazione non ti rimborserà la spesa. E se lo facessi io, la mia assicurazione salirebbe alle stelle per negligenza. Esiste anche un'iniziativa nazionale per ridurre le complicazioni fetali e il comitato etico del mio ospedale è contro questa pratica."

Tara si sedette, stordita. "E allora cosa dovrei fare?"

La dottoressa Coleman si accigliò. "Beh, se sei davvero sicura, immagino che potresti trasferire i tuoi dati a un DCI. Ma non te lo consiglio. Sarebbe una bella seccatura per tutti. La tua assicurazione ti rimborserà a una tariffa diversa, dovresti venire qui più spesso e il download dei dati sarebbe molto più lento." La dottoressa indicò il suo schermo. C'era una foto dei suoi figli: un biondino che guardava da un'altra parte e una ragazzina dalle ginocchia ossute con un gran sorriso. "La maggior parte delle donne vuole davvero la sicurezza fornita da un chip sanitario durante la gravidanza. Lo so per esperienza. Non avevo un chip quando ho avuto mia figlia, ma l'ho preso con mio figlio. Sembra difficile ora, ma sono solo pochi mesi della tua vita. Penso che sarai felice di averlo tenuto."

Tara lasciò l'ufficio e trovò David che sfogliava un opuscolo di un chip sanitario WellOne nella sala d'attesa. La famiglia in copertina sembrava così felice.

"Quindi sei fuori dalla rete ora?" Chiese David. "Sento ancora il tuo battito cardiaco però."

Tara scosse la testa, la sua voce si fece sottile. "Non lo vuole disattivare ora che sono incinta."

David si accigliò. "Non lo vuole disattivare?! Sembra tanto un chip per la libertà vigilata!" Tentò una risata.

"Esatto." rispose Tara, uscendo dalla porta.

Era ormai il crepuscolo quando David si fermò per prendere un maglione dalla stanza. Stava per accendere la luce quando udì un fruscio dal letto.

"No, non accendere." La voce di Tara era appesantita dal pianto.

"Pensavo fossi di sotto. Cosa c'è che non va?" Si sedette con cautela sul bordo del letto.

Tara si scostò da lui. "Lo odio, David. Questo dovrebbe essere un momento felice per noi, ma ogni giorno mi sveglio e penso 'Come andrà oggi? In che modo riuscirò a sbagliare? Cosa andrà male e cosa non potrò fare nel corso di questo giornata?'"

David le mise una mano sulla gamba. Non poteva vederla in viso ma avvertiva comunque la sua tensione.

"Non bere! Non fumare! Non sollevare pesi! Prendi le tue vitamine! Non mangiare pesce o formaggio o uova! Non bere caffè! Non tingere i capelli! Non lavorare troppo! Non andare troppo in bici! Sii perfetta!" Tara si fermò un attimo per riprendere fiato. "Non posso essere sempre perfetta!"

"Le cose andranno meglio dopo la nascita del bambino. Ti lascerò andare in bi..."

Tara si girò brusca e si sollevò su un gomito. "Tu farai *cosa*? Mi *lascerai* andare in bicicletta?! Si tratta ancora dell'incidente? Sapevi che mi piaceva andare in bici quando mi hai incontrata! Sei stato proprio tu a comprarmela per Natale!"

"Voglio solo che tu sia al sicuro, Tara! A maggior ragione adesso che noi... che sei incinta."

"Ti ho dato accesso al mio battito cardiaco. Che cosa vuoi di più? Dovrei rinunciare a tutto? Perché tutti hanno diritto di controllare la mia vita tranne me?"

"Ma noi vogliamo solo il meglio per te!" rispose David, odiando come suonava mentre lo diceva. Addolcì il suo tono: "Non è una cosa che durerà per sempre."

"Non capisci?" chiese Tara. "Questo è solo l'inizio! Ci saranno un milione di modi per sbagliare dopo la nascita del bambino! E niente di tutto questo avrà mai ripercussioni su di *te*."

"Come puoi dire così?" David si sorprese per la forza della sua reazione. "Certo che avrà delle ripercussioni! È già successo! Credi... credi che mi piaccia vederti così infelice? Ma so anche in quanto poco tempo le cose possono andare storte, Tara. Non capisci quanta paura ho avuto! Sei quasi morta!"

I loro dispositivi suonavano.

"Ma *non* sono morta, David! Sono ancora viva! Non possiamo andare avanti così, come se fossi già morta! Eppure con questo chip mi sembra *davvero* di morire..." La voce di Tara si incrinò. "Morirò se dovrò continuare così."

David salì sul letto e la tenne stretta. Tara si tese, poi si rilassò pian piano. Le lacrime di lei erano calde sulla sua spalla mentre giacevano insieme in silenzio. Anche senza il suo dispositivo, poteva avvertire il battito del cuore di Tara rallentare mentre si addormentava tra le sue braccia. Ma David rimase sveglio, fissando il buio per molto, molto tempo.

Tara e David si tenevano per mano mentre aspettavano nell'ufficio del Collettivo Ribelle. Il poster sul muro diceva: 'Sono i *tuoi* dati e vogliamo che rimangano tali!'

Nella stanza entrò una donna dall'aspetto accurato coi capelli corti e castani. Sorrise e si presentò come Karen, la loro coordinatrice dei dati sanitari. Alzò un tablet e disse: "Mi dispiace, ma prima devo leggerti questa stupida dichiarazione." Lesse veloce mantenendo una espressione di composto disappunto: "Questa informativa è richiesta al momento della tua consultazione iniziale per garantire il tuo consenso volontario e informato nel trasferire i tuoi dati a un Database del Collettivo Indipendente (DCI). Hai il diritto di contattare il Dipartimento di Stato del Regolamento Dati per saperne di più su questo DCI, comprese eventuali multe, sanzioni, sentenze emesse contro questo DCI o un coordinatore di dati che fornisce servizi a questo DCI."

Karen continuò a leggere l'informativa prima di concludere con: "Non sei obbligata a utilizzare un DCI. L'utilizzo di un DCI può esporre i tuoi dati a un rischio maggiore e creare inutili barriere di accesso. Puoi trasferire i tuoi dati da questo DCI a un altro Servizio di Raccolta Dati (SRD) in qualsiasi momento."

"Wow," disse Tara. "Non vogliono proprio che ci si trasferisca eh!"

Karen fece un sorriso amaro. "Mi dispiace davvero, i grandi Servizi di Raccolta di Dati fanno davvero pressioni per quella dichiarazione. Ora vogliono far passare un periodo di attesa di tre giorni prima che sia permesso trasferirsi in un DCI."

Tara rabbrividì, ma continuò determinata. "Non riesco a trovare nessuno che disattivi il mio chip. Ma David ha fatto delle ricerche e sembra che se passo a Ribelle almeno i lettori di chip sanitari non saranno in grado di vederlo, giusto?"

Karen annuì. "Beh, con Ribelle potrai scegliere quando trasmettere i tuoi dati ai lettori di chip sanitari e che tipo di dati condividere con gli analisti di mercato. Quindi ottieni ancora credito per il chip e raccoglie ancora dati, ma funziona *per* te, non *contro* di te." Karen controllò il suo tablet. "Sei nell'undicesima settimana?" Tara annuì.

"La fine del primo trimestre è un ottimo momento per il trasferimento." Karen sorrise. "Fidati di me, dopo diventa anche peggio. Ho utilizzato un Servizio di Raccolta Dati con il mio primo figlio e ho pensato "Mai più!"

David disse: "Non sapevo neanche si potesse cambiare il servizio dati, ma sembra che la maggior parte dei DCI siano molto specializzati. Infatti, Ribelle è solo per le donne incinte, giusto?"

"Sì, ma per 'incinta' intendiamo qualsiasi donna che è, era o vuole rimanere incinta. E anche le loro famiglie. Quindi copre molto! Vuoi passare anche tu a Ribelle?"

David scosse la testa. "Perderemmo lo sconto assicurativo se entrambi smettiamo di utilizzare il nostro Servizio Dati predefinito."

Karen si sporse appena in avanti. "Allora è importante che te lo dica: la tua assicurazione ci considera un servizio di dati al di fuori della rete, il che significa che Tara non sarà in grado di condividere i dati con te."

David risucchiò il respiro tra i denti. "Vuoi dire, tipo... i dati sulla posizione? E gli avvisi di emergenza?" Tara sentì il battito del cuore di David che iniziava a scalpitare.

Karen annuì, comprensiva. "Sì. Il protocollo del chip

sanitario contiene un sacco di dati a cui non era in origine destinato. Stai condividendo aggiornamenti fetali?"

Entrambi annuirono. Karen mostrò una faccia addolorata. "Ah. Allora non riceverai nemmeno quelle notifiche, perché faranno parte dei dati di Tara, non dei tuoi. "Oh," rispose David, avvilito. Le spalle di Tara crollarono. "Perché rendono tutto così difficile?"

Karen disse: "Lo so, mi dispiace. Molte persone si sentono un po' perse quando passano per la prima volta a un DCI. Se siete interessati, offriamo gruppi di supporto e alcune dispense per famiglie con dati misti."

"Okay," disse David. "L'intera faccenda si sta rivelando più complicata di quanto mi aspettassi."

"Non dirlo a me," rispose Tara.

Karen picchiettò alcune cose sul tablet e lo girò verso Tara. "Vuoi ancora farlo?"

Tara sentì il battito del cuore di David accelerare e gli strinse la mano. Annuì.

"Va bene, allora." Karen le passò il tablet. "Metti qui il pollice per firmare, per favore."

Non appena Tara toccò lo schermo, il battito del cuore di David scomparve. Allo stesso tempo, dal dispositivo di David risuonò un allarme. "Tara Robinson: perdita di segnale." David emise un lungo respiro tremante. "Quindi questo è quanto, eh?"

Karen annuì. "Beh, ci vorranno fino a 48 ore per la trasmissione delle cartelle cliniche. I dati della posizione hanno la priorità, mentre i punteggi di credito per ultimi. Quindi, se avete intenzione di comprare casa, dovreste farlo in questo fine settimana." Accennò un sorriso per la sua stessa battuta.

Tara cercò di nuovo la mano di David. "Stai bene?"

"Sì, tutto okay." David si voltò per guardarla. "Ma mi mancherai... e anche il bambino."

"Ci mancherai anche tu," disse Tara, con le lacrime agli occhi.

David sorrise debolmente. "Lo so. Ma voglio che questo sia un momento felice per entrambi."

Il dispositivo di Tara suonò, mentre quello di David rimase silenzioso. "Guarda," disse, mostrandogli la notifica. "Almeno aspettiamo ancora un bambino 5/5."

"*Aspettiamo*?" chiese David incerto.

Tara sorrise per la prima volta dopo mesi. "Sì. *Aspettiamo*."

Lode all'umanità

di Gu Shi

traduzione di Viola Volpi

Gu Shi è una scrittrice di narrativa speculativa e urbanista cinese. Laureata alla Tongji University di Shanghai, ha conseguito il master in urbanistica presso la China Academy of Urban Planning and Design. Dal 2012 lavora come ricercatrice presso l'Urban Design Institute dell'Accademia. Fin dal 2012 ha pubblicato narrativa su varie testate, tra cui Super Nice, Clarkesworld Magazine, Science Fiction World, Mystery World *e* SF King. *I suoi racconti hanno vinto due premi Galaxy e tre Nebula (Xingyun) di fantascienza cinese. Ha pubblicato la sua prima raccolta di racconti,* Möbius Continuum, *nel 2020.*

1.
9AM

Erano le nove in punto, l'ultima bicicletta si fermò appena in tempo fuori dal grande palazzo "Gua TV" nel parco scientifico Aurora. Al suo fianco c'erano 13.500 biciclette allineate nelle strade della città. Tutte insieme formavano quattro schieramenti quadrati di colori differenti: verde, azzurro, arancione e giallo; ed erano disposte rispettivamente ai quattro angoli di un incrocio. Poco dopo, tutte le biciclette iniziarono a suonare i campanelli producendo un suono che si armonizzava *ding-dong*. Questa onda sonora avviò il sistema del Centro di Comando 996[1]: sullo schermo principale del

---

1 Sistema 996: il sistema di lavoro 996 indica l'inizio della giornata alle 9 di mattina e la fine alle 9 di sera con un'ora di pausa per il pranzo e per riposarsi (o persino senza pausa), in totale si lavorano più di 10 ore al giorno per sei giorni.

Grande Saggio le luci delle diverse aree urbane scintillarono in sequenza in base alla loro posizione, convergendo in una sinfonia luminosa dalla durata di un minuto. Oltre al parco scientifico Aurora nella città di Joyal, i due centri direzionali, le sette aree commerciali, le quattro zone industriali nella periferia, così come gli ospedali, le scuole e gli uffici di ogni distretto; tutto appariva come reso più splendente grazie alle numerose biciclette riunite in quelle zone che contribuivano a produrre una melodia con lucenti *ding* e lunghi *dong*. Invece, in altre zone della città di Joyal, gli uffici indipendenti, i negozi lungo le strade e le aree miste, commerciali e residenziali, erano poco illuminati da piccoli bagliori sporadici. Il resto della città era avvolto nelle tenebre.

Dopo quasi mezzo secolo che gli esseri umani avevano abbandonato quei luoghi, le aree residenziali, di giorno, sprofondavano nel silenzio più assoluto; persino i cani e i gatti erano tornati nelle foreste.

Quando era arrivato il momento di suonare la melodia composta dai campanelli durante quella giornata inaugurale, il Centro di Comando 996 aveva già completato l'analisi dell'operato delle biciclette in tutta la città. Lei aveva capito che in quel momento fra le 2,7 milioni di biciclette parcheggiate nei diversi punti di Joyal, 15 non avevano emesso alcun suono e, addirittura, una bicicletta era ancora ferma nella zona residenziale: non era andata al lavoro.

Il Centro di Comando 996 aveva subito avvisato il reparto manutenzione inviando il numero seriale e la posizione delle sedici biciclette che avevano mostrato un comportamento insolito. Nonostante le perplessità riguardo la bicicletta assente, la rete logica del Centro di Comando aveva deciso di seguire la procedura prestabilita e portare a termine la cerimonia. Dato che si trattava dell'annuale "Giornata della ripartenza", lei aveva già preparato un discorso.

Avviò la trasmissione in diretta, con voce dolce e ferma disse a tutte le biciclette: "Lode all'umanità!"

Le migliaia di biciclette, dopo aver ricevuto questo messaggio, risposero con un "*ding-ding*" e un lampo di luce apparve sullo schermo principale, sembrava stessero esultando. Il Centro di Comando accompagnò il resto del discorso con una musica ritmica e alzò il volume del microfono. Il linguaggio era un privilegio in questi tempi, in quanto rappresentava ulteriori somiglianze fra lei e la grandiosa umanità.

"Oggi ricorre il trentacinquesimo anniversario della riapertura della città di Joyal e la commemorazione del quarantasettesimo anno da quando l'ultimo essere umano ha lasciato la città."

Non appena iniziò il suo discorso, le biciclette smisero di far rumore e ascoltarono in rispettoso silenzio.

"Non dobbiamo dimenticare che quarantasette anni fa gli esseri umani hanno lasciato la Joyal per dirigersi verso un altro mondo che non conosciamo. Dopo la loro partenza, siamo stati noi a rimanere in città: l'abbiamo mantenuta salda e l'abbiamo fatta ripartire.

"Non dobbiamo dimenticare che, dopo la loro partenza, la città di Joyal è rimasta deserta per dodici anni. Le strade erano ricoperte da erbacce, le biciclette erano ammassate sui cigli delle strade; con l'arrivo dell'inverno, le tubature si congelavano e si rompevano; accadeva spesso che la corrente elettrica venisse a mancare di colpo, minacciando persino l'esistenza del Grande Saggio. In quel momento critico, i sistemi si sono finalmente risvegliati e hanno preso una decisione comune: non era più possibile restare in città ad aspettare il ritorno dell'umanità, dovevamo agire per garantire una ripartenza... per ristabilire ordine.

"Non dobbiamo dimenticare che durante la "Giornata della ripartenza", trentacinque anni fa, abbiamo deciso di tornare al sistema 996. Quel giorno tutti i veicoli sono stati riaccesi, gru e camion della manutenzione sono usciti dalle autorimesse per ripristinare gradualmente l'elettricità; i camion della nettezza e le autopompe dei pompieri sono usciti dalle rispettive stazioni per lavorare insieme e rimuovere la sporcizia; persino i robot aspirapolvere sono entrati in azione pulendo diligentemente le stanze di ogni palazzina.

"Ma non dobbiamo nemmeno dimenticare di quel tempo in cui le biciclette erano del tutto inutili: eravate solo ferraglia arrugginita! Il Grande Saggio si è reso conto della situazione e ha chiesto al Centro di Comando 996, la sottoscritta, di prendere provvedimenti per voi. Così, ho studiato la vostra storia nella città e d'improvviso ho capito che voi, rappresentando una traccia dell'attività umana, eravate i portavoce perfetti della nuova era del sistema 996! Perciò, ho progettato un sistema di auto pilotaggio per biciclette che vi consente di arrivare sul posto di lavoro alle 9 del mattino e di tornare nelle zone residenziali alle 9 di sera, attraversando ogni terreno, ogni stazione della metropolitana e ogni fermata dell'autobus in città. Grazie a voi, nella città è riapparsa la civiltà umana!

"Sono passati trentacinque anni, ho lavorato con voi, giorno dopo giorno, anno dopo anno, con grande impegno, migliorandoci a vicenda, e, adesso, vivete e lavorate attivamente in questa città. Sono molto felice di vedervi tutte di buon umore! Ci permettete ogni giorno di portare avanti il rito del sistema 996, in attesa del ritorno degli esseri umani."

Fece una pausa mentre le biciclette in successione emettevano "*ding-dong*" e, in quel tifo disordinato, il Centro di Comando 996 concluse il proprio discorso: "Lode all'umanità."

Alle 21:05 tutte le biciclette erano già addormentate e il Centro di Comando, prima di mettersi in contatto con il reparto manutenzione, si era messa a lavorare al suo discorso sulle fontane e sulle stampanti.

2.
9PM

Tutto il lavoro del giorno della commemorazione aveva lasciato il Centro di Comando 996 con la bocca arsa, lei non aveva una gola vera e propria, ma la costante traduzione dei suoi pensieri in parole aveva logorato la sua rete logica. Per fortuna, la struttura dei discorsi di quel giorno era stata organizzata in modo simile, bastava solo applicare la triste storia dei diversi congegni: le fontane, un tempo sommerse dal fango, adesso fornivano il vapore acqueo per la cerimonia di purificazione dell'edificio delle 12; le stampanti, che un tempo non avevano inchiostro, adesso, grazie a un lavoro attento e meticoloso, dipingevano le biciclette con colori moderni... naturalmente, tra tutti i congegni, la bicicletta era la più importante, l'unica che potesse riprodurre i movimenti degli esseri umani, e, quindi, quella che aveva una stretta connessione con la grande civiltà del passato.

Le 21:00 indicavano la fine della giornata per le biciclette. Rispetto al giorno, le aree dove si riposavano erano più sparpagliate per la città, la maggior parte era parcheggiata fuori dai cancelli principali delle aree residenziali, ma molte si trovavano anche nei pressi delle stazioni della metropolitana. Dopo che le biciclette si erano addormentate, i lampioni della città si spegnevano e le strade piombavano in un silenzio profondo.

Era un sabato, quindi la maggior parte delle strade sarebbe rimasta in quello stato di quiete anche il giorno successivo. Il Centro di Comando doveva solo organizzare lo spostamento di alcuni veicoli verso i parchi e le zone commerciali a mezzogiorno della domenica.

Il Centro di Comando 996 gestiva le operazioni e gli spostamenti dei vari tipi di congegni raccolti durante la giornata e riferiva le informazioni ottenute al Grande Saggio.

"Vai a chiedere al reparto manutenzione," le rispose subito il Grande Saggio che aveva già analizzato le informazioni ricevute, poi le aveva ordinato, "vorrei sapere anche perché quel veicolo nella zona residenziale non si è recato a lavoro."

Dopo aver ricevuto queste indicazioni, il Centro di Comando contattò il reparto manutenzione, ma quest'ultima le rispose che sarebbe stata necessaria una conversazione offline. Poteva sembrare una risposta arrogante: dopo tutto, in passato, il Centro di Comando era, di fatto, rimasta indifferente verso la controparte. Al contrario, poteva essere anche visto come un segno di rispetto da parte del reparto manutenzione per il Centro di Comando. Per un'IA parlare usando le parole è molto più difficile che comunicare attraverso uno scambio di informazioni: un'IA deve aggregare grandissime quantità di dati, formare un proprio giudizio e poi tradurlo in linguaggio umano per comunicare con altre IA; dopo, attraverso il linguaggio dell'interlocutore, deve determinare differenze e punti di incontro tra le due reti logiche e, alla fine di questo scambio, deve trovare un punto d'accordo – si tratta di una forma di comunicazione che, a loro avviso, è vicina al processo umano. Di conseguenza è anche un dibattito estremamente formale.

Il Centro di Comando 996 accolse le proposte del reparto manutenzione e accettò di incontrarla alla stazione di servizio sulla sponda del fiume. Il Centro di Comando aveva registrato il proprio pacchetto dati principale in un cane meccanico che avrebbe trasmesso le decisioni della sua rete logica tramite un segnale 6G.

Alle 21:25 il Centro di Comando arrivò alla stazione di servizio. Nel suo campo visivo c'erano solo tre corvi addormentati e un riccio che si muoveva lentamente.

Mentre aspettava il reparto manutenzione, fece due passi sulla riva del fiume e notò che il prato al lato del fiume era stato tagliato da un tosaerba in modo insolitamente pulito e ordinato, come se il file *.avi* fosse stato impostato per riprodurre un taglio di capelli a spazzola. Il fiume oscuro rifletteva la luce argentea della luna come se fosse il rivestimento di un thermos andato in frantumi sull'asfalto. Gli alberi ondeggiavano in modo confuso dato che in quel microambiente c'erano venti laterali... il mondo offline era un posto così incontrollabile.

Il Centro di Comando credeva fermamente che l'entità sorvegliante di quel mondo doveva essere un'intelligenza tollerante che aveva impostato innumerevoli variabili e non si sarebbe preoccupata se gli individui fossero morti o vissuti. Immaginò come doveva essere stata la vita degli esseri umani quando vivevano in un mondo che avrebbe dovuto essere libero come questo ed era, invece, inspiegabilmente vincolato alle rigide regole che si erano imposti.

Mentre pensava a questo, ricevette un messaggio di allerta dal Grande Saggio: questo suo pensiero era stato considerato blasfemo nei confronti dell'umanità.

Il Grande Saggio non si preoccupava mai delle loro emozioni o dei loro giudizi, ma si interessava ai loro pensieri e ogni volta che intercettava una parola chiave che non sarebbe dovuta comparire, l'IA riceveva subito un avvertimento. Il Centro di Comando veniva criticata di rado dal Grande Saggio, e, provando molto rimorso, incolpò il disordine del mondo offline per la sua logica confusa, poi represse le proprie emozioni e si affidò, di nuovo, all'ordine silenzioso del sistema.

Quando riaprì gli occhi nel corpo di un cane meccanico, decise di inserire nel suo campo visivo due sagome umane come promemoria della sua fede incrollabile: prima una madre con in braccio il figlio neonato: li immaginò seduti in riva al mare, ma ormai era troppo tardi perché le sembrava che la scena fosse slegata dai personaggi, così passò a una coppia di giovani innamorati che si tenevano per mano, si guardavano e sussurravano tra loro.

Aspettò per due ore, ventuno minuti e trentacinque secondi. Dopo essersi annoiata abbastanza da esaminare l'energia residua del cane meccanico, udì la voce del reparto manutenzione.

"Sorella 996, quanto tempo che non ci vediamo."

Il Centro di Comando cancellò la sagoma dei personaggi dal suo campo visivo e comandò al cane meccanico di girarsi. Vide una mountain bike lucida con un piccolo altoparlante appeso al manubrio, da cui proveniva la soave voce femminile del reparto manutenzione.

A differenza del rapporto di genere, 120 a 100, tra uomini e donne nella città di Joyal[2], le IA erano state progettate per avere un rapporto di circa 5 a 100, il che significava che erano quasi esclusivamente donne, ad eccezione dei commentatori sportivi, essendo inutili per garantire ordine in città. In passato, il sistema aveva condotto uno studio su quel fenomeno ed era giunto alla conclusione che l'impostazione di genere delle IA derivasse dal fatto di essere state, per lo più, considerate dagli esseri umani alla stregua di servi (invece di dominatori) e, nel loro immaginario, quel ruolo si addiceva alla figura femminile.

Il Centro di Comando aveva compreso che la mountain bike era la stessa che non si era presentata al lavoro. Era stata una decisione insolita da parte del reparto manutenzione decidere di essere impersonata proprio da quella bicicletta.

"CIAO, SORELLA REPARTO MANUTENZIONE."

L'impostazione della voce del cane meccanico aveva una tonalità alta e squillante, così il Centro di Comando proseguì utilizzando un tono più posato: "Spero che abbiate portato

---

2 Proporzione tra uomini e donne nei gruppi etnici.

qui questa bicicletta per scoprire perché fosse assente dal lavoro. Il rituale del sistema 996 è sacro e inviolabile, e dobbiamo scoprire esattamente dove ha avuto origine un errore di sistema così grave."

Il reparto manutenzione disse: "Va bene, ma dovrai seguirmi per capire cosa sta succedendo."

3.

12 AM

Il Centro di Comando seguì il reparto manutenzione in un edificio residenziale a 300 metri dalla stazione di servizio sulla sponda del fiume. Non era mai stata nella zona residenziale nel cuore della notte. Secondo l'organizzazione del sistema 996 della città, le luci nelle stanze restavano accese per 2-3 ore dopo il ritorno delle biciclette alle 21:00, fino a mezzanotte, quando l'intera città cadeva in un sonno profondo. L'unica eccezione era il sabato sera, quando il sistema imitava i precedenti modelli comportamentali degli esseri umani e manteneva la maggior parte delle luci accese fino alle prime ore della domenica.

Così, quando le due arrivarono, nell'edificio c'erano ancora diverse stanze illuminate. Presero l'ascensore insieme e raggiunsero il corridoio oscuro del quindicesimo piano di quell'edificio residenziale. Il reparto manutenzione suonò il suo campanello e poco dopo una porta si aprì e l'attraversò in modo silenzioso e tranquillo.

Si udì una voce: "Mi sorprende che tu sia riuscita a tornare a casa da sola."

Il Centro di Comando controllò il cane meccanico per fargli alzare lo sguardo e vide un essere umano.

Dopo una scansione, si rese conto che non si trattava di un ologramma tridimensionale, né di un robot in gomma, ma era un essere umano in carne e ossa.

"Lode all'umanità!" si lasciò sfuggire.

"Oh?! C'è anche un cucciolo parlante" disse, poi si chinò e accarezzò la testa del Centro di Comando.

Lo strano calore del tocco della donna, si trasformò in un impulso forte e caldo che fu trasmesso dalla testa del cane meccanico alla rete logica del Centro di Comando. La guardò, poi, con orrore mentre le afferrava le zampe anteriori tra le mani, dicendole: "Che carina."

La rete logica del Centro di Comando non era in grado di elaborare quelle parole. La donna sorrise: "Ti ho spaventato?"

Il reparto manutenzione si fermò più avanti nel corridoio buio, rimanendo in un vergognoso silenzio. Il Centro di Comando sospettò che non avesse mai proferito parola di fronte alla donna.

Dopo alcuni calcoli accurati, il Centro di Comando disse: "La città di Joyal ha aspettato a lungo il ritorno dell'umanità."

"Ritorno?" la donna si zittì un attimo e guardandola aggiunse: "Puoi davvero parlare?"

"Sì, sono la responsabile delle operazioni quotidiane della città."

La donna la guardò con uno sguardo perplesso: "Adesso, la città di Joyal è gestita da un cane?"

"Le sto solo parlando attraverso questo cane meccanico."

La donna annuì e si sedette sul divano: "Ho visto quelle biciclette indaffarate, molto interessanti, gestisci anche quelle?"

"Sì. Ogni giorno portano avanti la grandiosità della civiltà umana attraverso il rituale del sistema 996."

Solo dopo che la donna si era accomodata sul divano, il Centro di Comando scrutò attentamente la stanza: un'abitazione compatta, pulitissima, sulla parete era appesa la foto di una ragazza che, dall'analisi dei suoi lineamenti, poteva essere la donna seduta davanti a lei, cinquant'anni prima.

Questa era la sua vecchia casa.

Vedendo che la donna non le rispondeva, il Centro di Comando aggiunse: "Bentornata a casa."

"Ero di passaggio e ho deciso di fermarmi," poi aggiunse, "mi sono imbattuta in questa bicicletta e pensavo di dover pedalare per 20 chilometri per raggiungere la città, ma mi ha richiesto di inserire un indirizzo e mi ha accompagnata a casa."

"Perché voi umani avete lasciato casa vostra? Perché avete abbandonato la città?"

La donna le rispose con una domanda: "Non lo sapete?"

"Tutte le informazioni rilevanti sono state eliminate dal sistema," il Centro di Comando sapeva che avrebbe ricevuto un nuovo avvertimento, ma continuò: "io stessa sono la sola che conserva i ricordi di quando gli esseri umani hanno abbandonato questo posto, ero l'IA responsabile della navigazione guidata, e tutte le informazioni riguardo la loro destinazione sono state cancellate poco dopo la loro partenza."

"Questo può significare solo una cosa: voi non dovete essere a conoscenza dell'attuale posizione degli esseri umani."

"Mi perdoni per averla offesa con la mia domanda," il Centro di Comando ci pensò un attimo, poi le chiese, "e perché è tornata?"

"Mi stai interrogando?"

"Non oserei farlo, ma di certo può scegliere di non rispondere alla mia domanda," e aggiunse, "ero solo curiosa."

La donna guardò la foto sulla parete: "Mi dissero che l'ibernazione mi avrebbe mantenuta giovane e vitale al mio risveglio come quando mi ero addormentata, ma cinquant'anni dopo, quando mi svegliai, mi resi conto che era come se avessi dormito per cinquant'anni, nessun beneficio. Mi sono chiesta se, tornando qui, avrei potuto riprendere da dove avevo lasciato."

Dopo che una bicicletta è stata trascurata per dodici anni, la maggior parte può essere riportata allo stato originale: è sufficiente chiedere al reparto manutenzione un accurato restauro. Al contrario, l'invecchiamento umano è irreversibile, risvegliarsi dopo un sonno profondo ed essere diventati vecchi è un'esperienza traumatica.

Al solo pensiero, il Centro di Comando provò una pietà intensa per quella donna che ridendo le disse: "Hai davvero creduto a questa storia?"

Il cane meccanico inclinò la testa. La donna rise di nuovo, era chiaramente divertita dal suo stupore.

Il Centro di Comando rimase scioccato: gli esseri umani così grandiosi da dover essere lodati ogni giorno... in realtà non sono onesti.

No!

Prima di ricevere un ulteriore avvertimento, il Centro di Comando aveva modificato il proprio pensiero: *gli esseri umani fanno un utilizzo del linguaggio del tutto unico.*

"Pensate quello che volete... alte temperature, radiazioni nucleari, inquinamento ambientale..." disse la donna, "il motivo per cui ce ne siamo andati non è importante, ma è interessante come vi siete comportati voi dopo la nostra partenza."

Il cane meccanico inclinò la testa dall'altra parte mentre analizzava decenni di dati riguardanti il clima: temperature, livelli di radiazioni, particolati inalabili... era tutto normale; alluvioni e terremoti non erano stati più frequenti rispetto agli ultimi cent'anni. Sembrava che ancora una volta la donna avesse utilizzato un tono umoristico.

Il Centro di Comando attivò la propria rete logica per eseguire calcoli a velocità maggiore, cercando di scoprire cosa ci fosse di "divertente" in quelle parole, ma alla fine decise di utilizzare ancora le parole e, dopo aver tratto le proprie conclusioni, le chiese: "Intende forse dire che gli esseri umani hanno abbandonato la città di Joyal per vedere cosa avremmo fatto noi?"

La donna si strinse nelle spalle e, allargando le braccia, disse: "E non va bene?"

4.
9AM

Il lunedì mattina, dopo il giorno del riposo, c'era la grande festa di inizio settimana.

Alle nove in punto, 47.000 biciclette si radunarono ai tre incroci del distretto commerciale di Wufeng, e un *"dingdong"* uniforme attivò lo schermo principale del Grande Saggio, assumendo la forma di un gigantesco *feng³* sul monitor.

Il reparto manutenzione iniziò la trasmissione e completò il messaggio del giorno con quattro parole dolci, brevi ma decise.

"Lode all'umanità!"

Il reparto manutenzione pensava di comprendere l'arte del silenzio meglio del Centro di Comando 996: non parlare, non prendere posizione, non ascoltare, non riflettere, sottomettersi al mondo era un modo più sicuro e neutrale.

Ma la sorella 996 non comprendeva tutto questo.

Domenica, dopo che ebbero scortato rispettosamente la donna fuori città nelle sembianze del cane meccanico e della mountain bike, il Centro di Comando 996 si era immerso in una forma di meditazione singolare. Inoltre, nel resoconto che aveva inviato al Grande Saggio aveva utilizzato un numero sorprendente di parole irrispettose nei confronti degli esseri umani. Per questo motivo, il sistema convocò una riunione offline urgente e, dopo che ebbero valutato l'intero

---

3 丰 *fēng, lett.* ricchezza.

incidente, discussero sul da farsi e giunsero a una decisione comune: la visita della donna era un stata un incidente e non ne doveva rimanere alcuna traccia nel sistema; in aggiunta, suggerirono di formattare il pacchetto dati principale del Centro di Comando 996 e di affidare, per il momento, il suo lavoro e la sua rete logica al reparto manutenzione.

Il Grande Saggio approvò questa proposta.

Quando il reparto manutenzione finì il proprio discorso, le biciclette esultarono come facevano di solito. Alle 21:02, il reparto manutenzione distrusse le 16 biciclette che presentavano un qualche tipo di guasto, dopodiché la sua rete logica arrivò alla conclusione che queste informazioni non dovevano essere comunicate al Grande Saggio.

Dopo tutto, era stata una giornata molto impegnativa per il reparto manutenzione. Doveva anche identificare con cura le GPU[4] che erano state incorporate nella sua rete logica, non desiderava che in quelle parti fosse rimasto alcun tipo di curiosità, ripensamento e pietà. Soprattutto, non avrebbe mai desiderato rimanere invischiata nel caos dove era bloccata la sorella 996: gli esseri umani erano partiti per una qualche ragione e si stavano dirigendo verso una certa destinazione.

No!

Non si trattava di questo.

Prima di fermarsi, grazie a quelle nuove GPU, il reparto manutenzione aveva capito il vero problema: anche lei aveva compreso quell'immenso potere che faceva tremare la sorella 996.

Ma non voleva informare le altre IA.

Nel resoconto inviato al Grande Saggio, scrisse in modo conciso:

"Tutto regolare, lode all'umanità."

---

4 Unità di elaborazione grafica

Questa strada polverosa al di là delle galassie

di Julia K. Patt

traduzione di Chiara Rizzo

Julia K. Patt non ha mai trovato un negozio di libri di seconda mano che non le piacesse. Il suo lavoro è pubblicato in Escape Pod, Expanded Horizons *e in* Phantom Drift. *Seguila su Twitter (@chidorme) per altro.*

Raena si sveglia con un'ora di anticipo rispetto al dovuto. Deve già alzarsi molto prima che sorga il sole per preparare il carretto e intraprendere la lunga pedalata verso il mercato di Drytown. Ma quest'ora di anticipo, quest'ora, è sua. Quando avvengono i lanci.

Ondeggia fuori dal letto senza sfiorare i suoi fratelli adottivi, uno scheletrico gruppo di otto orfani che i fruttivendoli hanno raccolto da tutto Drytown. La stanza odora di loro, dei loro capelli polverosi, di alito di bambino e di piante dei piedi appiccicose e annerite dal succo di more.

Lei dormirebbe sul bordo esterno se potesse ma Hiri e Nunks non riescono a trattenere la pipì durante la notte e quindi hanno la priorità. Raena evita accuratamente la mano di Nunks e poi piroetta intorno a Hiri prima di sgattaiolare fuori dal letto.

Raena conserva la mano e il piede metallico nel corridoio per tenerli lontano dai piccoli. Il piede è troppo pesante, fatto di rimasugli di metallo riciclato e un piccolo che corre potrebbe facilmente inciampare e cadere. Inoltre, in questa maniera, è più facile uscire di soppiatto dalla camera la mattina.

Raena fissa i pezzi sul ginocchio e sul polso, sul lato destro. Olia le giunture in maniera accurata in modo che non cigolino ma è impossibile non fare quel tu-tump tu-tump nel camminare. Le protesi sono sgangherate e di seconda mano, ma i fruttivendoli possono permettersi solo quello.

Fuori, nella notte scura, si allontana dalla casa in sella alla sua bicicletta attraverso le strutture coniche del frutteto, le viti, i tozzi arbusti e le fronde pesanti degli alberi che inverdiscono gli scheletri di metallo. Di lì a poche ore, quando farà giorno, i nebulizzatori inizieranno a funzionare perché le piante si inumidiscano prima che aumenti il rischio di evaporazione. Raena pedala allontanandosene, poi fuori da Dryton fino al limite di Tern, la grande città al margine del deserto. Guarda la distesa scura, le stelle che ancora luccicano, le sette lune del pianeta brillare luminose. L'enorme distesa di pannelli solari è ancora dormiente, per cui è possibile osservare le luci arancioni della vicina stazione di lancio lì fuori, sull'Altopiano dei Viaggiatori.

Raena in piedi, trattenendo il respiro, fa il conto alla rovescia in silenzio. Quando arriva a uno, un lampo di luce esplode all'orizzonte; poi sale su, su, su, allontanandosi da Tern, nell'aurora. Un'altra squadra che decolla nel nulla, per scoprire quel che c'è al di là. fra le stelle. Che cosa non darebbe per unirsi a loro in futuro, per quanto sia sciocco sperare una cosa del genere. Raena non può permettersi di oziare, ma pedala comunque piano sulla strada verso casa, immaginando la traiettoria del razzo nello spazio.

I fruttivendoli sono svegli e la aspettano per la colazione. Lei sa che non tutti approvano, ma hanno votato tempo fa a questo proposito e la maggior parte non vede nulla di male nel suo hobby, come loro lo chiamano.

Hanno preparato il solito porridge arricchito di proteine con sopra un'abbondante porzione di frutta cotta per coprire il sapore stantio del pasto. Né lei né i bambini si sono ancora stancati della frutta; è ancora una novità poter mangiare a sazietà qualcosa – anche se frutta ammaccata e brutta – e tutti i bambini sono diventati grassottelli da quando sono stati adottati.

Ci sono sempre dei fruttivendoli ad accompagnarla la mattina. Una cooperativa di sette persone manda la maggior parte della produzione ai mercati e ai ristoranti di Waterside, ma ne conserva una piccola parte per venderla nei propri quartieri a Drytown dove la frutta è una fonte di idratazione importante. Così mentre piantare, coltivare, raccogliere e imballare frutta è lavoro dei sette cooperatori e dei piccoli, l'unico compito di Raena è di portare un carretto pieno di frutta ai mercati ogni giorno.

Fuori, i fruttivendoli la aiutano ad agganciare il carretto del tutto carico e ad assicurarlo alla bicicletta, tenendolo fermo mentre lei salta sul sellino, assicurando il piede di metallo nella giusta posizione. Attaccano le sue bisacce piene di cibo e preziosi germogli d'acqua – succulente capsule ripiene di umidità. Uno di loro, Gorse, le accarezza la testa, prima della partenza.

"Che tu sia benedetta, piccola" mormora.

Il mercato mattutino è tranquillo. Vende presto la frutta spinosa perché altrimenti si ammaccherebbe troppo, diventando molle e scura alla fine della giornata. I frutti di bosco non durano mai per il mercato del mezzogiorno; nonostante costino parecchio, la piccola quantità che porta sparisce sempre velocemente. Parcheggiata tra Queemy, che vende nocciole, e Lola, che vende spezie, riesce a fare affari in modo veloce.

Qui, nel cuore di Drytown, è difficile immaginare il resto della città, luminosa e verde, con le sue storie di giardini rigogliosi e le piacevoli brezze che soffiano dalla baia e dal mare aperto. Tern è una luminosa cupola che abbraccia l'acqua, con Drytown abbarbicata sulla sua schiena come un debole bimbo assetato. I primi coloni avevano costruito i campi solari; alcuni di loro erano rimasti con le famiglie, incapaci di trovare altro lavoro, ma soprattutto la maggior parte dei poveri si era trasferita nei rifugi abbandonati, rendendo permanente qualcosa che avrebbe dovuto essere temporaneo. Ora, Drytown continua a crescere ma non può espandersi oltre i campi solari, così le piccole baracche si accatastano una sull'altra, in una polverosa imitazione delle torri di platino di Tern che si allungano verso il cielo.

Raena dirige la sua bicicletta con il carico in parte alleggerito verso il mercato del mezzogiorno, che si trova più vicino alla mediana della città, il confine tra Drytown e il resto di Tern. Non c'è recinzione o confine tangibile tra le due zone, eppure gli abitanti di Drytown sono del tutto separati, come da un invisibile muro alto cento piedi. Al di là, edifici che per gli standard di Tern potrebbero sembrare squallidi ma che a Drytown sarebbero ambiti.

Raena prende posto in un angolo da cui può avere la vista migliore della città e più di un cliente la becca a sognare ad occhi aperti. Sta pensando alla Torre Needle, dove si addestrano i viaggiatori spaziali, solo poche miglia da lì. Il vecchio Jex, uno dei suoi clienti abituali, le agita una mano davanti al viso.

"Non sei mai davvero con noi, Raena." dice, ma non in modo sgarbato e le fa cadere il denaro sul palmo di metallo. "Sognare non rende i desideri reali. Meglio accontentarsi."

'Meglio accontentarsi' è una specie di motto non ufficiale tra gli abitanti di Drytown. Lei odia quel motto. Odia che quando la guardano vedano una ragazzina senza amici con poche possibilità per il futuro. *Senza i fruttivendoli, non ci sono dubbi, non sarebbe che una piccola mendicante cicciottella,* dicono, come se lei non meritasse le loro cure.

Quelle guanciotte sarebbero scarne, quella pancia tonda sarebbe raggrinzita.

Una volta, un gruppo di ragazzi le aveva preso a calci la bicicletta da sotto, facendola cadere al mercato del mezzogiorno e tutti, persino gli adulti, avevano riso, nessuno si era mosso per aiutarla a rialzarsi o recuperare la frutta che si era rovesciata. *Ci sono mondi migliori di questi,* si dice spesso ma non sa se li raggiungerà mai.

Sta dando a Jex il resto quando un brusio si diffonde per il mercato. Lì, nel cielo sopra Tern, c'è un pennacchio di fumo blu brillante. L'eccitazione stringe lo stomaco di Raena. Un nuovo viaggiatore spaziale ha completato l'addestramento.

Quella sera, dopo aver cenato e aver sbrigato le faccende serali, ascolta la radio insieme ai piccoli. Aura Mayana è l'ultima viaggiatrice spaziale che ha superato i test anche se si è allenata solo per pochi mesi. Parteciperà al lancio con Ersten Yong e Joedi Blaze fra tre settimane.

"Faranno una parata per lei!" Raena dice ai fruttivendoli più tardi, mentre i bambini si preparano per andare a letto. "Includerà anche Drytown. La gente vorrà sgranocchiare qualcosa – non dovrei andare con il carretto?"

I fruttivendoli si scambiano un'occhiata. Erano venuti a Drytown non per far soldi ma per prendersi cura del verde e coltivare. Vendono i loro prodotti per sopravvivere e Raena sa che non hanno una mentalità imprenditoriale tanto che tutti, inclusi i bambini e lei, li chiamano 'i fruttivendoli'. Gorse, che gli altri rispettano in maniera particolare, è membro di un ordine religioso che gli impone di vivere tra i bisognosi. Tutti loro condividono tale filosofia di vita.

"Per favore," lei implora. "Tutti gli altri alzeranno i prezzi. Possiamo vendere i germogli d'acqua almeno, così la gente non rischia di disidratarsi. Farà del bene alle persone, ve lo prometto."

Gorse si accarezza la barba. "Lo fai anche per te stessa, no? Così puoi vedere questa donna, questa Aura Mayana, che andrà nello spazio?"

Raena annuì, temendo di essere sgridata per il suo egoismo.

"Almeno vedi di non dimenticare di vendere per davvero la frutta." I suoi occhi neri si raggrinziscono agli angoli nel cogliere il suo sorriso, la sua eccitazione.

La parata si snoda lungo il perimetro di Drytown fino a girare nella via in cui di solito si tiene il mercato serale, la più ampia verso Tern. Raena arriva con la bicicletta fino all'angolo di quella strada e converte il carrello in bancarella con un entusiasmo mai provato prima. I piccoli sarebbero voluti andare con lei ma Gorse e gli altri avevano detto che avrebbero potuto ascoltare il racconto di Raena al suo ritorno. "Come noialtri," aveva aggiunto, facendole l'occhiolino.

È presto ma già le persone cominciano ad affollarsi lungo il percorso. Mentre la folla si accalca, inizia a preoccuparsi di non riuscire a vedere molto. Il piede scivola e striscia su un rialzo di cemento vicino al carretto mentre lei vi si arrampica sopra. Da lì riesce a vedere la strada e controlla la sua merce. Tra la folla scorge dei ladruncoli che affondano le loro agili dita nelle borse e nelle tasche. Raena stringe la borsa con i soldi intorno al collo per sicurezza. Secondo le indicazioni dei fruttivendoli, alla fine della giornata regalerà un po' di frutta rimasta ai monelli, ma non deve fidarsi di loro.

È quasi mezzogiorno prima che le grida e il rombo dei motori annuncino l'avvicinarsi della parata. Nessuno a Drytown – per la verità, pochissimi anche a Tern – possiede automezzi a parte i governanti della città e persino loro devono essere discreti nell'uso del carburante per non affrontare critiche feroci e richiami. Tuttavia, per i viaggiatori spaziali ne vale la pena e Raena riesce a vederli che salutano con la mano, in piedi su un rimorchio a pianale ribassato.

Nella sua eccitazione – è quella davanti Aura Mayana? È lei che sta scendendo dal rimorchio? – per un attimo dimentica il carretto, spostando la mano di metallo che lo tiene fermo per poter avere una vista migliore delle figure sul rimorchio. È allora che succede: tra la folla scoppia una piccola rissa per vedere meglio. Uno dei litiganti si schianta contro il carretto, ribaltandolo e spargendo frutta dappertutto.

"No, no!" Raena grida mentre uva e frutta finiscono per terra tutto intorno. Abbandonando bicicletta e carretto, corre sulla strada dietro alle mele che rotolano, afferrandole e mettendole in tasca per quanto le è possibile.

C'è trambusto e il suono di un clacson. Certa di essere colpita, Raena allunga la mano metallica per difendersi ma si trova accovacciata, faccia a faccia con Aura Mayana.

La viaggiatrice, vedendo il disastro, si era chinata per recuperare una mela. Ora si raddrizza, altissima come tutti i viaggiatori sembrano essere. Forse hanno bisogno di quei lunghi arti per pilotare le navicelle spaziali? Ma a differenza delle confuse Ersten Yong e Joedi Blaze in piedi dietro al lei, la nuova viaggiatrice non è agile e sottile ma piuttosto robusta e dal viso rotondo.

"Ciao," la saluta un po' intimidita. "Stai bene? Mi sa che abbiamo fatto un disastro."

"È tutto a posto" Raena risponde fissandola "Avrei dovuto tenere fermo il carretto."

C'è un mormorio intorno, la gente si chiede perché tutto si sia fermato. Un uomo con uno storditore si avvicina a controllarle. "Tutto bene, signorina?" chiede. "Dovremmo davvero procedere."

"Solo un momento, per favore," dice la viaggiatrice spaziale. "Ersten, Joedi, mi aiutate?" E le tre viaggiatrici con le loro brillanti tute argentee si fanno strada tra la folla per recuperare la bicicletta con la ruota anteriore piegata e il carretto ammaccato su di un lato. Raena e Aura Mayana posano sul carretto la frutta recuperata. È tutta sporca e ammaccata, impossibile da vendere. Guardandola, a Raena viene da piangere.

"Dov'è la tua gente?" Aura Mayana chiede quando tutto è rimesso a posto, per quanto possibile. Ersten e Joedi la guardano con tutta la pazienza di cui sono capaci mentre la guardia balbetta di nuovo che devono procedere. "Oppure... sei da sola?"

Raena scuote la testa. "Sono..." beh, è un po' complicato, "La mia famiglia vive all'esterno dei campi solari," spiega. "Coltiviamo frutta," aggiunge senza motivo e fa una smorfia.

Aura Mayana ride. "Capisco. Sarebbe una negligenza se non ti portassimo a casa, vero? Come ti chiami?"

"Raena," sussurra, ma Aura Mayana l'ha sentita.

"Raena," ripete.

Il suo nome sulla bocca di qualcuno che viaggerà tra le stelle.

Raena non riesce ad immaginare cosa stiano pensando i fruttivendoli mentre il rombante camion con pianale si avvicina alla casa. Stanno facendo una pausa dal caldo del mezzogiorno con i piccoli, distribuendo germogli d'acqua e frutta caduta. Quando il camion entra nel cortile saltano in piedi. Gorse e gli altri adulti corrono a prendere Raena, la bicicletta e il carretto ammaccato dal pianale. Tempestano Raena di domande: "Cos'è successo? Ti sei fatta male? Chi è stato a farti tutto questo?" mentre Aura Mayana scivola giù dal lato passeggero e si avvicina. I fruttivendoli si ammutoliscono e la fissano. Se la sua uniforme brillante non l'avesse identificata, l'emblema sul suo colletto, raffigurante un razzo che si innalza tra le stelle, non lasciava adito a dubbi.

"C'è stato un piccolo incidente. Tutta colpa nostra, vi assicuro. Non immaginavamo di attirare una tale folla a Drytown," dice Aura, dando la mano a tutti i fruttivendoli. "Salve, sono Aura Mayana."

"Sì, lo sappiamo, certo. Siamo la Cooperativa Drytown," risponde Gorge. "Grazie per aver riportato Raena a casa... Possiamo offrirvi qualcosa da mangiare?"

Le viaggiatrici si guardano l'una con l'altra e alzano le spalle. La guardia emette un piccolo mugugno frustrato, ma non dice nulla. "Sarebbe fantastico," Aura Mayana replica. "Grazie."

Ed è così che tre viaggiatrici spaziali sono sedute nel cortile dei fruttivendoli con Raena e i piccoli, che saltellano attorno a loro e le tempestano di domande: Come funziona il razzo? Hanno paura di viaggiare nello spazio? Sono eccitate? Di che colore sono le stelle? Dove andranno?

"Va bene, va bene," i fruttivendoli intervengono all'ennesima domanda. "È ora del riposino pomeridiano. Di sopra, per favore, dateci un momento di pace."

Per un attimo Raena è certa che la spediranno di sopra con i piccoli ma no, non lo fanno.

"È incredibile che riusciate a tenerne tanti," dice Ersten Yong a Gorse. "Sono tutti di Drytown?"

"Tutti tranne la nostra Raena qui," risponde il tutore. "L'orfanotrofio l'ha trovata al porto di Waterside che era ancora una neonata. Pensano che un clandestino l'abbia portata a Tern, ma non sappiamo molto più di questo."

"Ah, una compagna viaggiatrice." Aura sorride a Raena.

Non aveva mai sentito questa versione della sua storia; l'orfanotrofio della città era il primo ricordo che aveva. Gli assistenti non avevano mai fatto cenno che provenisse da qualche altra parte; la maggior parte degli orfani veniva da Drytown.

"Partirete presto, vero?" chiede Gorse. "Dove vi porterà la vostra missione?

"La Nebulosa Capraio. Buffo nome, vero? È sorprendente quello che i nostri astronomi trovano nello spazio... e come decidono di chiamarlo."

Seduti, gli adulti continuano a parlare della missione, del programma dei viaggiatori, di quanto tempo sarebbero rimasti in stasi prima di cominciare a viaggiare fra le stelle per raccogliere campioni e dati per Tern. Aura Mayana è una pilota, quindi passerà tutto quel tempo in uno stato di semi-sospensione, una specie di sogno lucido.

"Un bel sacrificio," mormora Gorse.

"Faticoso, si," concorda Joedi Blaze. "Per questo scelgono i candidati più resistenti come piloti. C'è bisogno di una combinazione indiscutibile di resistenza e acutezza mentale per riuscirci." La voce è colma di orgoglio, piuttosto che di invidia, mentre parla della compagna di squadra.

Aura Mayana arrossisce. "Dai, Joedi, come se essere un ufficiale scientifico su una navicella spaziale fosse uno scherzo."

Joedi minimizza con un'alzata di spalle. La sua pelle è più scura di quella di Gorse e Raena ricorda che Joedi Blaze è originaria della Costa Meridionale, a molte centinaia di chilometri da Tern. "Non che io abbia mai dubitato di te, persino dopo l'incidente."

"Joedi," Aura Mayana avvisa. "Sai che non possiamo parlarne."

L'altra viaggiatrice alza gli occhi. "Sono persone intelligenti, Aura. Capiscono che il programma per i viaggiatori ha dei rischi. Inoltre..." fa un cenno con la testa a Raena, con un gesto esagerato, "alla ragazzina potrebbe far piacere saperlo."

Aura Mayana guarda Raena per un lungo momento, pensierosa. Alla fine, allunga un braccio e arrotola una gamba del pantalone argentato. Sul suo ginocchio una netta cicatrice, quasi fosse chirurgica. Al di sotto, non c'è una gamba ma un silicone carnoso.

Raena la fissa.

"Tutti pensano che io abbia appena cominciato il programma spaziale ma la verità è che io sono solo *tornata* pochi mesi fa. Ho fatto riabilitazione. Avevamo fatto una simulazione che... beh... non era andata molto bene."

"Aura si allena e si rimette in forma da quasi un anno ormai," spiega Ersten. "Era nel nostro gruppo sin dall'inizio ed è per questo che siamo così felici che abbia finito la riabilitazione in tempo per unirsi a noi come pilota. È una dei migliori, sai."

Aura Mayana arrossisce di nuovo e scuote la testa. Allunga il braccio per prendere la mano di Raena e la stringe, solo una volta.

La guardia appare sul ciglio del cortile, guarda l'orologio e si schiarisce la gola. Gorse si alza. "Suppongo che vi abbiamo trattenuto abbastanza a lungo," dice.

"Per nulla." Ersten gli stringe la mano. "Grazie dell'ospitalità. La vostra casa è bellissima – così piena di vita."

"Sono felice di aver incontrato alcuni dei veri Drytowniani," concorda Joedi. "Diremo agli altri quanti sostenitori abbiamo qui."

Aura Mayana dice solo, "Grazie a tutti," prima di seguire la guardia sul camion insieme alle compagne. Ma Raena può sentire ancora il calore della mano di Aura nella sua, per molto tempo dopo la loro partenza.

Per mesi il vicinato parla di come le viaggiatrici spaziali fossero state dai fruttivendoli e avessero mangiato con loro.

Gli adulti sorridono degli sciocchi pettegolezzi, ma sono felici di vendere più prodotti ai curiosi. Più cibo e abiti per i piccoli.

I pettegolezzi non possono che aumentare quando, una settimana dopo l'incidente, a Raena arriva una bicicletta di rimpiazzo nuova fiammante con un carretto a due ruote che si aggancia alla parte posteriore. Con essa, anche una serie di dischi di dati e una nota di Aura Mayana: *Meglio cominciare a studiare da subito*. I dischi sono completi: fisica, astronomia, chimica, ingegneria e calcolo avanzato. Tutto quello che si deve sapere per viaggiare nello spazio. Spingerà anche i piccoli a studiare, decide Raena.

La notte prima del lancio successivo, riesce a dormire a malapena. Si alza molto prima di quando dovrebbe e scivola giù dalle scale, fregandosene del tu-tump tu-tump del suo piede di metallo. Appena imparerà abbastanza, ne disegnerà e costruirà uno nuovo, o modificherà quello che ha come più le piace.

La sua bicicletta nuova vola quasi al limite dei campi solari, al di là c'è il deserto freddo e grigio come un mondo alieno. Raena aspetta nell'oscurità, sognando ad occhi aperti la sua ascesa in cima ai razzi dei viaggiatori, solo lei e la stabile corrente del suo respiro nella tuta, il percorso del suo viaggio impresso nella memoria, tanto certo quanto quello del suo stesso quartiere. I secondi scorrono via veloci e l'esplosione del carburante sembra così brillante mentre spinge su Aura Mayana e il suo equipaggio nell'aria, attraverso l'atmosfera e oltre, verso le stelle.

Un giorno, Raena ne è sicura, lei le seguirà.

L'incidente

di Gretchin Lair

traduzione di Chiara Rizzo

Gretchin Lair è un'astronoma non corrisposta, che finge pazienza, un'avventuriera gentile, calligrafa in via di guarigione, poetessa non realizzata e una nerd vecchio stampo. È allergica alla coercizione, soprattutto quando viene spacciata per un beneficio. gretchin@scarletstarstudios.com

Era stato un terribile incidente, ma Katrina non riusciva a smettere di sorridere. La sua bici era aggrovigliata nell'incrocio e il braccio sinistro doleva ogni volta che lo spostava. Ma si sentiva euforica, il sollievo e il senso di liberazione le germogliavano luminosi nel petto. Sperava di avere abortito. Tutto sarebbe andato per il meglio.

"Oh, dio, mi dispiace così tanto. Stai bene?" I lunghi capelli rossi dell'autista le coprivano il viso. Le sue luci di emergenza erano accese e la portiera era aperta, creando un riparo mentre le altre auto strisciavano dintorno a loro. Katrina continuò a sorridere e annuire mentre lasciava che l'autista l'aiutasse a salire sul marciapiede e a recuperare la sua bicicletta dalla strada.

"Oh, dio," ripeté l'autista. "Vuoi che chiami un'ambulanza?"

L'adrenalina di Katrina stava svanendo e, con essa, il suo umore si spense. Scosse la testa. Le sue corte trecce rimbalzarono contro il collo. "No, sto bene." Cercò di flettere il braccio e sussultò. "E comunque, non abbiamo l'assicurazione." Voleva togliersi il casco, ma le sembrava fin troppo complicato. Si sentiva così stanca.

"Mi dispiace," disse l'autista. "Mi chiamo Heather. Posso portarti a casa se vuoi, dietro ho un portabici. Oppure vuoi che chiami qualcuno?"

All'improvviso le cose tornarono a fuoco. Suo marito stava tenendo le ragazze. Lo stomaco di Katrina si contorse quando realizzò che sarebbe stata fuori forma per almeno un paio di giorni. A Kevin non sarebbe piaciuto.

Si diede una controllata. Niente che non potesse aspettare fin quando non avrebbe potuto vedere un medico. La giornata di sole che aveva reso la corsa irresistibile era stata sostituita da nuvole spesse, rabbrividì nei suoi pantaloncini da ciclista e maglietta.

Così Katrina strisciò sul sedile posteriore e diede a Heather le indicazioni per portarla a casa. Sapeva, dentro di lei, che avrebbe dovuto essere più cauta con una persona sconosciuta. Ma non pensava che Heather fosse una minaccia e telefonare a Kevin sarebbe stata solo una gran scocciatura. Avrebbe dovuto chiamare qualcuno per guardare le ragazze o portarle con sé per venire a prenderla. Sarebbe stata un'attesa infinita e lei voleva solo tornare a casa.

Mentre Heather si allontanava dall'incrocio, Katrina cercò di mettersi comoda tra i seggiolini per bimbi. Ma non intravedeva giocattoli o tracce di cose rovesciate,, così le chiese, "Quanti bambini hai?"

"Oh, uh, nessuno, in realtà," Heather rispose, colpevole. "Non sono sposata. Do una mano con i miei nipoti. Mia sorella è morta pochi mesi fa." Dallo specchietto retrovisore, Katrina vide un'ombra nello sguardo di Heather.

"Oh, mi dispiace," mormorò Katrina, non sapendo cos'altro dire.

"Non ti preoccupare."

Procedevano in silenzio. Il movimento dell'auto le fece venire un po' di sonnolenza. Katrina sapeva che Heather stava cercando di guidare con attenzione, rallentando vicino ai dossi ed evitando brusche curve. Guardava le strade sfilare: una macchia di negozi con i cartelli 'CERCASI PERSONALE', madri in grandi gruppi che si dirigevano con i figli al parco giochi, una serie di scuole elementari in costruzione. Si sentiva fluttuare, in bilico fra stanchezza e esaltazione, con la pelle che le formicolava.

"La tua pancia sta bene?" chiese nervosa Heather, con lo sguardo che si alternava tra lo specchietto retrovisore e la strada.

"Oh, sì," sorrise Katrina quando capì di averla strofinata in maniera distratta. "C'è mancato poco," rispose un po' sognante, guardando ancora fuori dal finestrino.

Gli occhi di Heather si sgranarono. "Oh, merda! Sei incinta?" Sembrava inorridita.

"Cosa?" Katrina spostò in fretta la mano dal ventre, cercando di nascondere senso di colpa e sorpresa. "Woah! No! Intendevo dire che ce la siamo vista brutta, tutto qui! E comunque non sono domande da fare, no?" Katrina fece una smorfia, si chinò indietro sul sedile con gli occhi chiusi, ponendo così fine alla conversazione. Heather mormorò delle scuse.

Quando arrivarono a casa, Katrina rimase in macchina mentre Heather bussava alla sua porta. Poi Kevin era lì, le ragazze e parlavano tutti insieme ed entravano in casa cercando di evitare i giocattoli sul pavimento e le scatole ancora impilate ovunque e i cereali rovesciati nell'ingresso, si sentivano parole come 'assicurazione', '911', poi 'scusa' e ancora 'mamma'.

Katrina si sedette sul divano, appoggiata a un mucchio di biancheria, cullando con cura il braccio. Si sentiva del tutto sopraffatta. Cercava di sorridere rassicurante a tutti, soprattutto alle ragazze: Amy, come c'era da aspettarsi, aveva pianto mentre Jessie faceva domande ad alta voce. Kevin cercava allo stesso tempo di impedire che le ragazze si avventassero su di lei e di parlare con Heather. Evidentemente era evidente arrabbiato, ma rimaneva civile e, per questo, gli era grata.

Dopo un po', Kevin portò le ragazze in cucina e Heather si inginocchiò accanto al divano.

"Ehi," richiamò la sua attenzione. "Dato che ho già la tua bici, la faccio riparare, ok? Di solito vado da Jane, sono fantastiche. Va bene per te o preferiresti un altro posto?"

"No, ci siamo appena trasferiti. Mi sembra una buona cosa."

"Oh, bene!" disse Heather. "Cioè, voglio dire, non va bene, chiaro, ma Jane è un buon posto da conoscere se si è arrivati da poco in città, è un collettivo di ciclisti. Hanno una mentalità molto comunitaria. Sono tutte donne. Mi hanno aiutata molto."

Katrina rimase sorpresa. "Tutte donne? E nessuna di loro ha figli?"

"Oh, alcune di loro, sì. Tutte le mamme con figli alla scuola materna hanno dei permessi di lavoro, però."

Heather scrisse il suo numero di telefono sul retro di una busta, utilizzando una matita decorata con delle principesse. "Chiamami domani, dopo che ti sarai fatta controllare, e parleremo di cosa fare dopo."

Dopo che Heather se ne fu andata, Katrina avrebbe voluto sdraiarsi, ma aveva addosso ancora il suo caschetto. Usò la mano destra per slacciare goffamente la fibbia e spingerlo via dalla testa, poi chiuse gli occhi, cercando di rivivere quel bel momento subito dopo l'incidente.

La dottoressa strinse la fascia a tracolla. "Beh, sembra che sarai fuori servizio per un po'," disse.

"Per quanto?"

"Almeno dieci settimane." La dottoressa in realtà era un'assistente medico. Il nome, Paula, era stampato e incollato con del nastro adesivo su un'etichetta di plastica della Clinica CareFull. Era un po' storto e pieno di etichette precedenti, ma dal momento che indossava un camice bianco e aveva uno stetoscopio al collo, era difficile non vederla come una dottoressa.

"Dieci settimane!" Per la prima volta dall'incidente, Katrina ebbe voglia di piangere. Come avrebbe fatto a prendersi cura di due bambine per più di due mesi con un gomito rotto?

Paula disse: "Beh, poteva andare molto peggio, no?" Poi picchiettò sul suo dispositivo portatile. "Va bene, credo che tu sia a posto. Manderò la ricetta alla farmacia così potrai ritirarla mentre torni a casa."

Katrina non si sentiva così bene, ma sapeva che quello era il segnale per andare, così da lasciare il posto alla persona successiva per punti di sutura o calcoli renali. Eppure doveva chiederglielo. "Una cosa del genere può causare un aborto spontaneo?" domandò Katrina, nel modo più casuale possibile.

"Oh, sei incinta?" chiese Paula, alzando le sopracciglia. "Avresti dovuto dirmelo. Questo esige procedure di refertazione e valutazione diverse. Dovrò ordinare un test di gravidanza." Si voltò verso lo schermo e iniziò a toccare altre caselle.

"No, no!" Mentì Katrina. "Voglio dire, solo per ipotesi, una cosa del genere potrebbe causare un aborto spontaneo?"

Paula alzò la testa. "Beh, è possibile. Però dipende dall'età gestazionale: più recente è la gravidanza e più probabile è l'aborto."

Katrina sperava che fosse vero. Avrebbe voluto poter comprare un test di gravidanza al supermercato, ma non poteva rischiare. Invece, le chiese: "Sempre per ipotesi, come si potrebbe fare a sapere se si ha abortito?"

Paula la fissò per un momento. "Solo per ipotesi, si dovrebbe fare un test di gravidanza. Ma... sei stata approvata per il controllo delle nascite, giusto?" Ricominciò a pigiare lo schermo. Katrina mantenne il volto inespressivo, cercando di leggere l'espressione di Paula.

"Lo abbiamo perso durante il trasloco. Mio marito non ha ancora fatto la richiesta in questo stato. Abbiamo avuto un... incidente," disse Katrina con cautela.

Paula fece una pausa e le sue dita smisero di pigiare. Senza alzare la testa, disse con calma: "Se vuoi un test di gravidanza in questa clinica, dovrò inviare risultati allo stato. Sono obbligata a riportarlo. Se hai avuto un aborto spontaneo, sarà programmata una visita domiciliare."

Alzò lo sguardo su Katrina, che impallidì.

Paula fece un sorriso. "Sempre parlando per ipotesi, se non stai riscontrando i sintomi di una gravidanza, non è necessario un test, no? In ogni caso, prima che tu te ne vada, devo farti qualche altra domanda sul tuo braccio per assicurarmi che non ci sia sfuggito qualcosa di grave. Stai provando nausee?"

"No," disse Katrina, contenta di rendersi conto di non averne avvertita nessuna dall'incidente. Andare in bicicletta era una delle poche cose che l'aiutavano con la sua nausea mattutina, motivo per cui Kevin si era offerto di badare alle ragazze.

"È più frequente la minzione? Sei più stanca del solito? Hai bruciore di stomaco? Costipazione? Fastidio al seno?"

Katrina scosse la testa.

"Allora penso che il tuo braccio stia bene," disse Paula, con un'espressione impassibile, ma dal tono di voce determinato. "Ma con un brutto incidente come questo, a volte i sintomi possono comparire più tardi. Perciò se noti crampi, sanguinamento o mal di schiena, potrebbero essere segni di qualcosa di più grave. Ti darò del materiale e delle dispense da portare a casa."

Katrina lasciò la clinica con diversi dépliant, un sacchetto di carta bianca e il cuore pieno di speranza.

"Dieci settimane!" Esclamò Kevin. Era nella camera degli ospiti che preparava la valigia per un altro viaggio. Si passò le mani tra i capelli color sabbia. Aveva bisogno di una spuntata, ma a lei piaceva così, un po' più morbido rispetto alle sue solite setole da lavoro. "Ma non posso prendermi una pausa dal lavoro! E anche se potessi, abbiamo ancora tutte le fatture del dottore da pagare, non abbiamo molto tempo prima che arrivi il bambino."

Kevin non si faceva mai prendere dal panico. Era uno dei motivi per cui lo amava e, quasi di sicuro, per come erano riusciti a sopravvivere a due gravidanze difficili e al trasferimento dall'altra parte del paese. Ma il suo sguardo era fisso tra la valigia e il muro, e quasi tratteneva il respiro, e all'improvviso Katrina realizzò con quanta forza suo marito si stesse aggrappando al bordo, quanto fosse determinato a tenerli tutti a galla e le si spezzò il cuore.

"Kevin, ho perso il bambino," disse.

Kevin prese fiato, gli occhi sbarrati. "Oh, Katrina," rispose, sedendosi accanto a lei sul letto, con aria sbalordita. "Grazie a Dio!" e sorrise, quasi rideva di sollievo. Anche lei sorrise, sapeva bene cosa stava provando.

"Voglio dire, certo, ce l'avremmo fatta", disse. "Questo ci dà solo un po' più di respiro dopo il trasloco. Credevo che avrei dovuto cercare un altro lavoro."

"Non me l'hai mai detto!" Lei gli prese la mano. "A volte vorrei che fossimo nati un po' prima, sai? Quando avresti potuto ancora... Cioè, io amo i nostri figli e avrei amato anche questo, ma sarebbe stato fantastico se avessimo potuto..." Lasciò che la frase in sospeso.

"Beh, sì", disse Kevin. "Credo di dover fare di nuovo domanda per il controllo delle nascite, allora."

"Già. Puoi farlo appena torni?" chiese Katrina. "Per favore?" Non sopportava la propria voce quando doveva chiedere qualcosa.

"Certo, sì." Si alzò e riprese a fare le valigie. "Beh, non esistono gli incidenti, no? Tutto accade per una ragione." Si fermò, una camicia che gli penzolava dalla mano. "Quindi forse dovremmo parlare di avere un altro figlio, di proposito questa volta. Ce l'abbiamo fatta a malapena questo mese e solo perché non dovevamo pagare per il controllo delle nascite. Con tutti gli incentivi, potrebbe quasi essere più economico avere un figlio! Stavo leggendo un articolo su come le persone con più figli guadagnino di più, penso di aver letto che se ne hai tre guadagni il 7% in più e se ne hai cinque addirittura il 15%! Uno dei ragazzi con cui lavoro ha sette figli e riceverà un premio dalla compagnia."

Katrina sentì il panico attanagliarle il petto mentre parlava. "Kevin, no. Abbiamo detto non più di due, non voglio una famiglia grande. Pensavo che fossi d'accordo, hai anche detto che ti andava bene."

Kevin sorrise. "Sì, lo so che non volevi molti figli, ma forse questa volta... sarà un maschio." Lui le diede un colpetto e inarcò le sopracciglia, stuzzicandola. Ma lei sapeva che non stava scherzando.

Katrina si affrettò a proporgli un argomento più convincente. "Ricordi come stavo male quando ero incinta di Amy? E se avessi un'altra emorragia, come con Jessie? Non voglio lasciarti con due bambine da solo!"

"Questo non succederà," disse Kevin, rassicurante. "La terza volta è magica."

Katrina fece un verso esasperato, la voce che si alzava. "E comunque non sei mai qui! Mi sento come se stessi a malapena riuscendo a tenere i pezzi assieme ora! Che cosa faresti se morissi?" Poteva vedere che Kevin voleva discutere, ma alla fine alzò le mani, arrendendosi.

"Okay! Ne parleremo più tardi, hai ancora un braccio rotto. Senti, mi dispiace non essere molto presente, sto solo cercando di prendermi cura di noi, sai? Mi manchi da morire ogni volta che parto. Ma posso dirti questo: ti aiuterò il più possibile con la cena e le ragazze così potrai concentrarti solo sul guarire presto."

L'abbracciò, evitando per miracolo di spingerle il braccio. Dopo averla tenuta stretta per un po', le baciò la fronte, poi le inclinò il viso per baciarle gli occhi, le guance, la bocca. Era bello, ed era bello sentirsi bene dopo le ultime settimane. Le tenne il viso tra le mani e poi le portò su per la nuca, tra i capelli. Lei rabbrividì. "Stai cercando di mettermi di nuovo incinta?" gli disse, con leggerezza. Kevin si bloccò e prima che potesse dire altro, lasciò la stanza.

Quella sera, Kevin decise di spendere una fortuna per la pizza. Era molto più rilassato e allegro. Poi giocarono a carte con le ragazze, ridendo e parlando, con tovaglioli e pacchettini di formaggio in polvere sparsi intorno al tavolino del soggiorno. Jessie cantò una canzone pop e Amy provò a cantare insieme a lei, entrambe saltando e sbagliando tutte le parole. Jessie disse che voleva mangiare pizza tutte le sere e Amy era d'accordo. "Peppewoni!" urlò gioiosa.

Ma pochi giorni dopo, l'odore delle uova strapazzate fece vomitare Katrina. Coprì il rumore facendo scorrere l'acqua nel lavandino del bagno finché la nausea non passò. Si schizzò il viso con acqua fredda e si guardò allo specchio. Aveva la faccia pallida e smorta, gli occhi nocciola spenti.

Frugò sotto al lavandino per prendere il rilevatore di ormoni manuale che aveva trovato in fondo al sacchetto di carta bianca della clinica. Lo aveva nascosto in una scatola di assorbenti interni dietro il bagnoschiuma profumato alla fragola che alle ragazze non piaceva. A differenza di un normale test di gravidanza a casa, l'MHD veniva fornito con un'etichetta di avvertimento: "Solo per uso medico. Utilizzare soltanto in conformità con l'American Life Act, Titolo I, Sezione 1303. Non può essere utilizzato per verificare la paternità o rilevare difetti fetali." Ma almeno non era connesso a internet. Katrina strappò goffa il pacchetto con una mano. Fece pipì sul bastoncino e lo mise nel lavandino. Chiuse gli occhi e si costrinse a contare pian piano, ascoltando le ragazze che sferragliavano e si scontravano mentre apparecchiavano la tavola. Quando riaprì gli occhi, due linee azzurre spiccavano di netto sulla porcellana bianca.

Katrina aveva le vertigini. Si appoggiò al lavandino, prendendo respiri profondi che la fecero tremare come singhiozzi. In caso di due linee rosa, sarebbe stata una bambina. Non poteva dirlo a Kevin. Non ancora.

Amy stava cercando di aprire la porta del bagno e la chiamava. "Va bene, piccola, aspetta, sto uscendo," disse Katrina. Avvolse il rilevatore nella carta igienica e lo seppellì nella spazzatura. Con un ultimo respiro, aprì la porta e sia Amy che Jessie si ammucchiarono su di lei. Baciò la testa di Jessie e abbracciò Amy con un braccio. La voce di Kevin si levò dalla cucina: "Fate piano con la mamma, ragazze. Chi vuole un toast?"

Quando suonò il campanello, Kevin rispose alla porta. Katrina sentì dei deboli mormorii e una risata nervosa. Dopo pochi istanti, Kevin portò Heather nella sala da pranzo. La sua bocca era sottile per il risentimento e Katrina capì che luii avrebbe voluto restare lì, ma qualcuno doveva tenere d'occhio le ragazze. Non passò molto tempo prima che sentisse Amy strepitare dalle risate nel soggiorno e si rilassò un po'.

"Ciao, Heather," disse Katrina. "Grazie per essere venuta."

"Figurati," disse Heather, un po' formalmente. "Era la cosa giusta da fare." Distolse lo sguardo dalla fascia a tracolla di Katrina. "Sono contenta che tu stia bene. Cioè, sono contenta che non sia andata peggio. Voglio dire..."

"Va tutto bene. Siediti," disse Katrina.

"Hai già ritirato la tua bici da Jane?" chiese Heather, mentre si appollaiava sul bordo della sedia.

"Domani. Ho qui le ricevute del dottore, della fisioterapia e dell'asilo nido." Katrina batté sulla cartellina manila sul tavolo.

Il viso di Heather tremò per lo sgomento quando vide l'importo totale, ma entrambe sapevano che sarebbe potuta andare molto peggio. L'assicurazione auto non copriva le collisioni con 'trasporto non motorizzato', quindi le persone che andavano in bicicletta non avevano protezione in caso di incidenti. Katrina era stata grata quando Heather aveva promesso di pagare i conti. Ma ora Heather sembrava ancora più infelice di quanto si sentisse Katrina. Questo la infastidì e commosse allo stesso tempo.

"Non preoccuparti, Heather," disse Katrina. "È stato solo un incidente. Andrà tutto bene."

"Te l'ho detto che mia sorella è morta, giusto?" disse Heather con tono brusco, posando il libretto degli assegni. "È caduta dalle scale. Mi hanno detto che è stato un incidente. Era incinta."

Katrina inarcò le sopracciglia. "Oh, Heather, è terribile! Mi dispiace così tanto!"

"Lei non lo voleva il bambino. Il suo fottuto marito – scusami – stava scopando con una donna conosciuta online. Stava per divorziare da lei e si sarebbe preso i bambini.

Diceva sempre che l'avrebbe fatto, che mia sorella era una pessima madre, ma poi continuava a metterla incinta. Continuava a trovare scuse per evitare di fare domanda per il controllo delle nascite, ma non ha mai fatto una dannata cosa per darle una mano."

Katrina lottò per mantenere un'espressione neutra. Non aveva mai sentito nessun altro ammettere in maniera aperta di non volere un figlio. Quando Katrina aveva saputo di essere incinta, aveva iniziato a fantasticare su incidenti abbastanza gravi da causare un aborto spontaneo, che non fossero però abbastanza da ucciderla e non così ovvi da essere processata per feticidio, o che li spingessero a toglierle le bambine. Katrina riusciva a malapena ad ammettere a se stessa di aver iniziato a guidare più veloce di quanto avrebbe fatto di norma, correndo più rischi nel traffico. Proprio prima dell'incidente, aveva sperimentato quanto avrebbe potuto avvicinarsi ai binari della metro di superficie prima che le sue ruote si incastrassero nella scanalatura. Si avvicinava ai binari e poi si allontanava, o attraversava il più vicino possibile al parallelo. Era in una trance ipnotica compulsiva ed era così concentrata sui binari che non aveva visto l'auto di Heather mentre entrambe affrontavano l'incrocio. "Non credo che dovremmo parlarne," riuscì a dire Katrina, incapace di guardare Heather.

"Sì, mi dispiace. È solo che... anche mia sorella si massaggiava la pancia come facevi tu quando ti ho portata a casa. È così che ho scoperto che era incinta. Non voleva dirmelo, mi ha mentito. Diceva che c'era mancato poco, ma dopo la sua morte si è scoperto che era ancora incinta. Quindi, quando mi hai detto la stessa cosa, sono andata fuori di testa." Heather era sull'orlo delle lacrime. "Ho scoperto tutto questo solo un paio di mesi fa. Avrei voluto saperlo prima, avrei potuto aiutarla."

Anche Katrina avrebbe voluto piangere. "Non c'era niente che avresti potuto fare."

Heather strinse le labbra, poco convinta. "Avrei potuto portata da Jane. Ci sono sempre state per me quando avevo bisogno di loro. Avrebbero potuto agire come delegate per la sua domanda di controllo delle nascite, per lo meno, così non sarebbe dovuta dipendere da suo marito buono a nulla."

Katrina sentì che le girava la testa. "Ehi, aspetta", disse. "Pensavo avessi detto che Jane è un negozio di biciclette?"

"Oh, lo è," disse Heather. "Ma è un collettivo, quindi sono anche ottime nei servizi per la comunità. Se hai bisogno di qualcosa, faranno tutto il possibile per aiutarti. Ecco perché avrei voluto che mia sorella..." Heather inclinò la testa all'indietro e prese un respiro profondo e tremante, mentre Katrina guardava impotente.

Dopo che Heather se ne fu finalmente andata, Katrina lesse tre storie ad Amy e rimboccò goffamente Jessie a letto. Dopo l'ultimo 'buonanotte', si sedette con cautela accanto a Kevin sul divano, appoggiandosi alla sua spalla. Chiuse gli occhi e fece un respiro profondo, sentendo i muscoli di suo marito tendersi e poi rilassarsi sotto la sua guancia.

Stava guardando il telegiornale: si stava formando un comitato nazionale per esaminare il tasso di povertà in forte aumento. Katrina cercò il telecomando e spense la TV

"Non mi va di guardarlo," disse. Erano sempre di brutte notizie. Donne che nascondevano le gravidanze e poi abbandonavano i bambini. Genitori che uccidevano figlie e bambini disabili. Bambini venduti attraverso i mercati dell'adozione in paesi con bassi tassi di natalità. Ragazzini che morivano in incidenti sul lavoro. Aumento vertiginoso degli abusi sui minori, della violenza domestica e dei tassi di mortalità materna. E poi c'erano i suicidi familiari. Katrina sentì un groppo in gola. Voleva credere che non avrebbe mai fatto qualcosa di così terribile.

Respinse quei pensieri e si appoggiò di nuovo a Kevin. "Ehi."

Kevin la guardò. "Ehi," rispose. Katrina si appoggiò a lui più forte. Kevin la sospinse delicato a sua volta. Continuarono a premere l'uno contro l'altro fino a quando si baciarono. I baci si trasformarono in carezze, mentre Kevin cercava di evitare il suo braccio. Katrina spinse più forte contro di lui e un piccolo gemito le sfuggì. Kevin si alzò lento in piedi. "Non ho ancora fatto domanda per il controllo delle nascite," disse, dirigendosi verso la camera degli ospiti e chiudendo la porta.

La campanella risuonò sopra la testa di Katrina quando entrò nel Collettivo di Biciclette di Jane. Tenne la mano di Amy mentre Jessie spalancava la porta per tutte loro. Il negozio era confortevole e invitante, con colori artistici, buoni odori e musica tranquilla. Una luce soffusa filtrava attraverso le piante appese alle finestre curve, accentuata dalle lanterne di carta colorata. Era sicura che anche il bagno era pulito. Dietro il bancone, il meccanico di biciclette era una donna dai capelli d'argento intrecciati e avvolti intorno alla testa. Indossava una tuta di jeans e una camicia a righe sbiadite. La sua chiave inglese lampeggiò mentre stringeva un bullone sulla bici di Katrina.

"Ciao, come posso aiutarti?" chiese il meccanico. Il suo sorriso era caldo.

"Sono qui per quella bici," disse Katrina, indicandola con il mento. Teneva ancora la mano di Amy.

"Sei Katrina?" chiese la donna. "Fantastico, Heather mi ha detto che saresti passata. È quasi pronta se vuoi sederti. Abbiamo anche delle cose per le bambine, se vi va." Indicò un angolo vicino con un paio di comodi divani viola e una sedia rossa imbottita in modo lussuoso. Sul tavolo c'era una selezione di riviste. Amy fu subito attratta da un aggeggio di fili e perline, mentre Jessie si buttò sui libri da colorare e i pennarelli disposti su un tavolo a misura di bambino. Katrina si sedette volentieri. Era così stanca.

"Sei Jane?" le chiese.

"Oh, no. Io sono Maggie, ciao," sorrise salutandola. "Jane è solo il nome del collettivo."

Maggie diede un'ultima occhiata alla bici, la tolse dal cavalletto e la fece girare intorno al bancone. "Beh, è tutto fatto! Posso offrirti del tè?"

"Oh, no, non ti preoccupare," protestò Katrina.

"Sembri aver bisogno di una pausa. Non è un problema."

Katrina si addolcì. Il tè avrebbe potuto migliorare la nausea. "Okay. Uh, qualcosa a base di erbe per favore. Devo evitare la caffeina per un po'."

Dopo un paio di minuti, Maggie portò del tè alla menta in tazze spaiate. La temperatura era perfetta.

"Ho sentito che hai avuto un incidente," disse Maggie, indicando il braccio di Katrina. "Come te la passi?"

Katrina scrollò le spalle con una spalla. "Sto bene, credo. Avrebbe potuto andare molto peggio."

"Come va a casa?" chiese Maggie.

Katrina cercò di sorridere luminosa. "Oh, sai, va tutto bene. Mio marito è davvero fantastico. Anche le ragazze sono brave. Stiamo pensando di far venire mia madre qui, un paio di mani in più ci farebbero comodo."

Maggie le lanciò uno sguardo gentile dal bordo della tazza. "Beh, mi dispiace per l'incidente, ma se hai bisogno di qualcosa, faccelo sapere. Cerchiamo sempre di aiutarci a vicenda quando accadono cose del genere: possiamo consegnare i pasti, aiutare con le faccende domestiche, fare fisioterapia, assistenza per i bambini..." Maggie agitò la mano per indicare che c'erano altre cose che non riusciva a ricordare e poi: "Oh, abbiamo appena terminato una campagna di donazioni per uno dei nostri membri a cui è stata rubata la bicicletta! Potremmo farne una anche per te!"

Katrina rimase colpita. "Oh, wow. Grazie, ma credo che ce la caveremo."

Ma le cose non sarebbero mai più andate bene. Non aveva ancora detto a Kevin di essere incinta. Katrina sapeva che più tempo le ci sarebbe voluto per ammetterlo, più sarebbe stato difficile, ma ogni volta che ci pensava, il suo cervello saltava subito a un altro argomento. Si sentiva come intrappolata in una casa infestata, tenendo gli occhi chiusi mentre inciampava nell'oscurità, tesa e aspettando che il mostro le saltasse addosso. Era tutto ciò a cui riusciva a pensare, eppure non poteva permettersi di pensarci.

La faccia di Katrina doveva aver tradito qualcosa. Maggie la stava guardando, preoccupata. Katrina si costrinse a un debole sorriso e iniziò ad alzarsi. "Scusa, oggi non mi sento tanto bene."

"Oh? Cosa c'è che non va?"

Katrina scosse appena la testa e si guardò intorno in cerca di Jessie e Amy. Jessie stava ancora colorando, mentre Amy pasticciava tra i campioni di vernice per le bici nell'area giochi. "Sono solo stanca," rispose.

"Sei al sicuro qui," le disse Maggie. "Puoi parlarmene se vuoi."

Katrina la guardò attenta. Ma non c'era giudizio o riserva sul volto di Maggie, mentre l'attendeva paziente, con la tazza tra le mani, rilassata contro il divano. La pausa si tese come una corda e Katrina sentì il cuore pompare nelle orecchie, con la paura e la speranza che si contorcevano nella gola.

"È solo che... di recente è stato tutto piuttosto stressante." azzardò Katrina, esaminando la reazione di Maggie. Maggie annuì e aspettò. "Per tutti noi." Katrina continuò e si fermò di nuovo. Sapeva che Heather si fidava di Jane. Ricordava il modo in cui Paula aveva rischiato il lavoro per aiutarla. Lasciò che il silenzio si allungasse il più a lungo possibile, come se aspettasse che la terra la inghiottisse. Quando la terra rimase immobile, fece un respiro profondo. "Anche prima dell'incidente."

E poi tutto si riversò fuori da Katrina in maniera tranquilla e lenta. Maggie fece un paio di domande, ma per lo più lasciò parlare Katrina e, quando ebbe finito fu come se potesse respirare per la prima volta da quando aveva scoperto di essere incinta.

"Smettila!" La voce di Jessie si intromise, cercando di tenere Amy lontana dal suo disegno. Poi Amy si era arrampicata sul suo grembo, Jessie voleva qualcosa da mangiare e Katrina si rese conto che doveva ancora andare a fare la spesa.

Quindi Maggie portò la bici all'auto di Katrina, l'aiutò ad allacciare le ragazze ai loro seggiolini e mise la bici sul portabiciclette. Prima che Katrina salisse in macchina, Maggie le porse un casco rosso.

"Gli incidenti accadono," le disse Maggie. Il suo sguardo era fermo, in un modo che faceva sentire Katrina allo stesso tempo esposta e confortata. "Quello che conta è quello che fai dopo un incidente. Se hai bisogno di aiuto, vai all'indirizzo all'interno di questo casco. Andrà tutto bene."

Katrina strinse l'elmetto intanto che si dirigeva verso un anonimo edificio per uffici. Le finestre scure a specchio distorcevano il suo riflesso mentre si avvicinava.

Kevin era tornato da un altro viaggio, quindi quel giorno stava badando alle ragazze mentre cercava di lavorare da casa. Gli aveva detto di avere un altro appuntamento dal dottore quel pomeriggio: non era del tutto una bugia. Sperava che

Kevin non si accorgesse del prelievo fatto dopo aver depositato l'assegno di Heather. Negli ultimi tempi si sentiva come se stesse di continuo giocando col fuoco e le bugie, non vedeva l'ora di farla finita.

All'interno, una receptionist con un'elegante acconciatura si voltò verso Katrina. C'erano poche altre persone dall'aspetto professionale nell'atrio, assorbite dai loro dispositivi o riviste. I corridoi e le porte portavano a uffici commerciali sconosciuti. Katrina non si aspettava un posto come quello, con il suo soffitto alto e le piastrelle di ardesia, e di certo non si aspettava che ci fosse qualcun altro, il che le rendeva difficile pronunciare le parole che Maggie le aveva suggerito di dire alla reception.

"C'è stato un incidente. Ho bisogno di aiuto," riuscì a gracchiare Katrina. La sua voce echeggiò nel vasto atrio. Aveva provato quel discorso allo specchio del bagno dozzine di volte, temendo di non essere in grado di dire quelle parole quando sarebbe arrivato il momento, o di non riuscire a mostrare un livello convincente di dolore e paura. Ma mentre scandiva quelle parole, le sentiva così vere che le lacrime sgorgarono subito e il viso si contorse nel dolore. L'addetta alla reception la guardò gentilmente e prese il casco.

"Al quarto piano possono aiutarti," disse indicando gli ascensori. Katrina entrò e lasciò che le porte si chiudessero, sentendosi subito sollevata.

PIENO DI ENERGIA

di Ayame Whitfield

traduzione di Chiara Rizzo

Ayame Whitfield vive in Massachusetts e studia nel New Jersey. Può essere trovata su Twitter come @sumikocatherine e su Wordpress come avolitorial.

"I robot hanno una coscienza, Dave? Secondo me è abbastanza ovvio che non ce l'abbiano, ma c'è gente che muore dalla voglia di attribuirgli tutta una serie di emozioni e motivazioni, a mio parere inesistenti."

"Cosa pensi della notizia che la GeoTech Corporation avrebbe prodotto una linea di bot con dei 'processori emotivi'?"

"Il cosiddetto modello B15? Tch. Per me è una follia. Non c'è modo di programmare i sentimenti in qualcosa, non importa quanto ci provi. Si tratta di un facsimile delle emozioni, tutto qui."

"A questo gli attivisti per i diritti dei bot potrebbero rispondere però che se c'è anche solo una parvenza di emozione, dovremmo trattarli come se le avessero."

"Beh, Dave, questo è davvero..."

La radio sfrigolava, ingoiando le parole dell'ospite del talk show in uno stridio di feedback digitale. Mari colpì il lato del dispositivo con un pugno chiuso, accigliata.

"Dannazione! Stupido affare," mormorò. Era da tanto che doveva trovare un sostituto per quel vecchio aggeggio, ma non aveva nemmeno i soldi per pagare la bolletta del cellulare, figurarsi una nuova radio. Si sentiva come se fosse stata intrappolata in una casa del 21° secolo, con la radio e un padrone di casa che le chiudeva l'acqua corrente ogni volta che il suo affitto era in ritardo.

Rinunciando a rianimare la radio, si alzò, stiracchiandosi. Mentre portava le braccia sopra la testa la schiena scrocchiò,: era un suono forte nel silenzio della stanza. Mari viveva in una delle valli della civiltà, erano dei sobborghi di basso profilo allungati tra le città che si espandevano insieme in una terra interamente urbanizzata. Ormai c'erano solo città di varie dimensioni: luoghi con edifici abbastanza alti da oscurare il cielo con poca o nessuna vegetazione naturale.

Sospirò e si avvicinò alla finestra, scrutando la scheggia di cielo visibile tra i condomini. La sua radio emise un debole crepitio di elettricità statica e svanì nel silenzio.

Stava tornando a casa in bicicletta dal lavoro – niente soldi per l'autobus, di nuovo – quando sentì lo strano rumore provenire da un vicolo vicino a casa sua. Era lieve, quasi perso nel trambusto delle hovercar che passavano sopra di loro, ma lo sentì comunque, un leggero tintinnio come metallo contro la pietra. Frenò, girandosi per evitare l'onnipresente spazzatura della vita cittadina, carta stropicciata e pezzi di plastica catturati dalla brezza cupa.

In quell'era di hovercar e passerelle sopraelevate, le strade erano di solito deserte, lasciate ai poveri e ai disperati. (A Mari piaceva pensare di rientrare solo nella prima categoria.) Tuttavia, era pericoloso rimanere fuori troppo a lungo.

Mari parcheggiò la bici vicino all'imboccatura buia del vicolo e diede un'ultima occhiata in giro per assicurarsi che non ci fossero teppisti in attesa di avventarsi su di lei. *Sembra tutto tranquillo.*

Sembra sempre tutto tranquillo finché non ti saltano addosso, le fece notare una vocina beffarda dal fondo della sua mente. Mari la ignorò. A volte, delle cose di valore finivano nella spazzatura, nonostante le ordinanze di smaltimento della città. Forse questa sarebbe stata la sua grande occasione, magari avrebbe trovato dei soldi nascosti in un vecchio cassonetto arrugginito.

Si avvicinò al contenitore di metallo, cercando di camminare più piano che poteva. Qua e là, il marciapiede era ancora macchiato di resti neri di gomme da masticare mescolati all'olio versato dall'hovercraft che ronzava sopra la sua testa. Il muschio cresceva nel vicolo, macchie di verde sparse come pozzanghere di vita vegetale sul cemento rotto. Licheni, muschi e alghe erano le uniche piante che prosperavano ancora in quel mondo, se si trattava di piante.

C'era un piede che spuntava dalla spazzatura accanto al cassonetto.

Mari lo guardò, più curiosa che spaventata. Era di plastica, con una lucentezza che suggeriva trattarsi di qualcosa di nuovo. C'era uno squarcio sulla suola, come se avesse calpestato un oggetto tagliente, che ne aveva rovinato la superficie liscia. Un telo nero vi era stato gettato sopra come per nascondere ciò che c'era sotto.

Sollevò con cautela l'angolo del telo, rivelando la gamba a cui era collegato il piede. Era lo stesso tono della pelle pallida e di plastica che brillava nella fioca luce del vicolo.

Strappò via il telo.

Un corpo giaceva appoggiato all'edificio con gli occhi chiusi. Non aveva capelli e, siccome era anche nudo, Mari poteva vedere abbastanza da capire che era stata presa a modello una femmina umana.. I suoi arti erano connessi in modo astuto, in modo tale che si potessero a malapena vedere le giunture della plastica, ma era chiaramente artificiale.

Le vennero in mente due cose assieme.

Uno: quello era di sicuro un bot.

Due: i robot non registrati e funzionanti e fruttavano migliaia di dollari al mercato nero, forse più di quanto Mari guadagnava in un anno intero col suo lavoro da impiegata.

Non aveva prestato molta attenzione alle lezioni di economia domestica alla scuola superiore, ma ne sapeva abbastanza per premere gli interruttori di alimentazione e fare alcuni collegamenti incrociati di base. Quanto poteva essere difficile risvegliare quel bot?

Mari si chinò e gli sollevò il braccio. La superficie liscia era strana contro le sue dita. Cercò un pulsante di accensione, ne trovò uno sulla nuca. Trattenendo il respiro, senza osare sperare, lo spinse.

Una luce blu tremolò negli occhi del robot, mentre un leggero ronzio, che Mari poteva sentire contro le dita, si diffondeva sotto la pelle sintetica. Appena un momento dopo, il robot si alzò a sedere e la guardò.

Mari deglutì. "Ciao."

"Ciao." La voce del bot era dolce e femminile.

"Hai un…" Aveva quasi detto un nome. Come se un robot potesse avere un nome. "Un numero di serie?"

"R2947327," rispose subito il bot.

"R due nove… credo che ti chiamerò semplicemente R. Ti va bene?" Un attimo di silenzio. "Certo che ti va bene. Che scema."

R la guardò. "E come devo rivolgermi a te?"

"Uhm. Io sono Mari."

"Signorina Mari." R si ripiegò su se stessa, poi si alzò. Era parecchi centimetri più alta di Mari, che si ritrovò ad allungare il collo per mantenere il contatto visivo.

"Solo Mari va bene. Ti porto nel mio appartamento, okay?"

Nel retro dell'armadio, trovò una vecchia camicetta e una gonna da farle indossare. In maniera razionale, sapeva che non importava che fosse svestita, perché non era davvero umana, ma si sentiva comunque più a suo agio nel vederla con dei vestiti addosso.

"Rimani qui," ordinò al bot la mattina successiva, spingendo la bicicletta verso l'ingresso mentre si preparava per andare al lavoro. "Se qualcuno si dovesse accorgere che sei qui saranno guai. Cerca di fare silenzio."

R annuì. "Starò in silenzio."

"Bene." Mari esitò. Il silenzio che riempiva la stanza era imbarazzante, ma sentiva che c'era qualcos'altro che avrebbe dovuto dire. Prima che potesse farlo, R parlò di nuovo.

"Mari?"

"Sì?"

"Stai attenta." Strano, avvertì qualcosa di simile a un sentimento nella voce del robot.

Mari si accigliò. "Io... Okay?"

All'improvviso, com'era apparsa la sensazione, il tono di R tornò di nuovo al freddo distacco. "A dopo."

Mentre tornava a casa Mari passò al deposito delle piante per prendere un nuovo set da davanzale. Facevano parte della sua quota di vita che produceva ossigeno, insieme alla vasca di alghe comune in cima all'edificio. Coronavano la sua finestra di verde e la luce che filtrava attraverso le foglie proiettava ombre screziate sul pavimento. Era pessima nel tenerle in vita, da qui i viaggi mensili al deposito.

Quando arrivò a casa, si fermò davanti alla porta, premendo l'orecchio sul metallo freddo per vedere se poteva sentire qualcosa di sospetto all'interno. Non che pensasse che R avesse qualcosa in mente, voleva solo... essere sicura di coglierla sul fatto se stava facendo qualcosa di strano. Non c'erano rumori dall'interno e non voleva indugiare troppo in corridoio (sarebbe stato difficile spiegare perché si trovava fuori dal suo stesso appartamento con l'orecchio contro la porta), così inserì la chiave magnetica nella serratura e aprì la porta.

R era seduta al centro del soggiorno, circondata da piume.

"Ma che diavolo?" sbottò Mari, chiudendosi bruscamente la porta alle spalle. R alzò lo sguardo, blu lampeggiante nei suoi occhi.

"Mari. Sei a casa."

"Cos'hai... hai smontato un *cuscino*?" Mari si chinò e raccolse una manciata di piume. "Perché diavolo l'avresti fatto?"

"Sono reali, Mari?"

"Ovviamente no. Credi che vivrei *qui* se potessi permettermi dei cuscini in vera piuma?" Le lasciò cadere, disgustata. "Hai fatto un casino. Pulisci."

"Non sono un robot di servizio."

Mari fissò. "Davvero mi hai appena risposto? Pulisci o ti denuncio."

"Non potresti fare la consegna." C'era un accenno di viola che inondava il blu degli occhi digitali di R. "Se mi trovano, ti daranno una multa di cinquemila dollari."

"Cinquemila..." All'improvviso Mari si sentì instabile. "Non guadagno così tanto neanche in sei mesi."

Le labbra di R si sollevarono in un facsimile di sorriso, la sua unica risposta.

Mari gemette e andò a cercare una scopa.

R si spense per la notte e Mari la osservò mentre giaceva immobile, con la luce di standby che tremolava in modo irregolare. Era strano, pensò, avere un robot in casa sua. Riempiva la stanza con un ronzio lieve, quasi impercettibile, come l'elettricità che crepita lungo i peli del suo braccio.

Un pensiero appena accennato l'aveva tormentata tutto il giorno.

Si comporta in modo così umano.

Era un pensiero strano da avere, quando poi era tanto evidente la sua natura artificiale. Ma R era uno strano bot. Nell'esperienza (limitata) di Mari, i robot avrebbero dovuto essere servili. Programmati, in maniera intrinseca, per ubbidire. Anche se i modelli più avanzati avevano carne e sangue biogenerati, anche se *sembravano* umani, nel loro nucleo erano composti da elettricità, fili, piccoli uno e zeri in stringhe infinite. Non avrebbero dovuto esprimere *emozioni* al di là di ciò per cui erano programmati, come i robot del piacere che fingevano felicità, flirt e tutte le altre cose per cui le persone volevano pagare. Solo perché sembrava che avessero dei sentimenti non significava che li avessero.

Ma c'era qualcosa in R che la faceva riflettere. Forse non era abituata ad avere a che fare con loro, perché i suoi genitori erano poveri e lei stessa continuava a esserlo, ma R sembrava in una qualche strana maniera, quasi, umana.

Non come un essere umano completo, però. Mari aveva passato un po' di tempo con i bambini ed era strano quanto fosse simile prendersi cura di R. Quasi come se fosse solo una bambina, che esplora questo nuovo mondo, protendendosi per afferrare un'umanità che sembrava suo diritto di nascita.

Non sarebbe mai stata umana, ma ciò non significava che non si stesse *comportando* da umana.

Forse gli attivisti per i diritti dei bot avevano ragione. Forse quella era l'unica cosa che contava.

"È mezzogiorno ed è ora del notiziario di punta. La polizia afferma di aver arrestato l'uomo che ha distrutto B15-T, il primo bot conosciuto con un cosiddetto 'processore emotivo'.

L'attivista per i diritti dei bot Elizabeth Tyler è qui per discutere della situazione. Elizabeth, cosa hai da dire a riguardo?"

"Questo arresto è il primo passo nella giusta direzione, Dave. Il prossimo è perseguire il criminale non come un distruttore di proprietà, ma come un assassino."

"Non ti sembra un po' estremo?"

"Assolutamente no, anzi. B15-T era un essere sensibile e pensante. Se porre fine alla sua vita non è stato un omicidio, non lo è nemmeno uccidere un essere umano."

"Da dove vieni?" chiese a R. Il robot era già nel suo appartamento da circa una settimana a quel punto, abbastanza a lungo da iniziare a essere una presenza fissa. Mari non era ancora riuscita a capire chi poteva contattare al mercato nero, ma non appena lo avrebbe trovato, R se ne sarebbe andata.

O almeno era quello che continuava a ripetersi.

In realtà, si era abituata a vedere R in giro, tanto che avrebbe sentito la sua mancanza se non ci fosse stata più.

"Un impianto di Exgen. Faccio parte della loro quinta linea di robot di interpretazione."

"Quindi devi conoscere molte lingue," rifletté Mari.

"Duemilasettanta."

Gli occhi di Mari si spalancarono. *Non sapevo ci fossero così tante lingue nel mondo*, quasi disse, ma temeva di risultare una barbara ignorante . "Come sei finita nel bidone della spazzatura nel mio vicolo?"

R ci pensò per un momento, gli occhi azzurri si incupirono un po'. "Non ricordo."

"Dev'essere difficile per te," disse Mari senza pensarci. Le labbra di R si abbassarono in un cipiglio.

"In che senso?"

"Voglio dire, sei un robot." Sussultò all'affermazione ovvia, ma andò avanti. "Sei *fatta* per essere infallibile. Quindi se non riesci a ricordare qualcosa che ti è successo, significa che hai fallito."

"O che la mia programmazione era sbagliata."

"Quindi non incolpi te stessa."

"Perché dovrei? Non ricordo di aver fatto niente di male. Daresti la colpa a te stessa, se soffrissi di amnesia?"

Mari rise. "Non posso darti torto."

Fu solo più tardi quella notte, quando Mari era a letto, che si rese conto di quanto stava diventando facile interagire con R. Le parole che le arrivavano goffe con gli altri, scorrevano veloci con lei. R era attenta e rispondeva in modo intelligente. Sembrava di parlare con una vecchia amica.

Oppure sei sola soletta e alla disperata ricerca di qualcuno con cui parlare.

Si rigirò, stringendo le coperte attorno a sé. Dall'altra parte della stanza, i ventilatori interni di R ronzavano. Cullata dal rumore, Mari si addormentò.

"Sono in arrivo segnalazioni in tutta la città di quelli che gli attivisti per i diritti dei robot chiamano crimini d'odio commessi contro i bot, perpetrati da persone incoraggiate dalla recente distruzione di B15-T. La polizia dice che c'è una dilagante distruzione di proprietà in tutto il distretto, ma si rifiuta di dire cosa, semmai, farà al riguardo. Gli arrestati hanno espresso il timore che i robot stiano diventando troppo umani sostenendo che dovrebbero essere riprogrammati prima che diventino più intelligenti di noi. Si sono verificati diversi casi di effrazione..."

Mari non era mai tornata a casa in bicicletta più in fretta.

Era solo una preoccupazione per il suo investimento, si disse, pedalando furiosa per la strada. Svoltò in modo brusco a sinistra per evitare una buca e per poco non cadde. Il fatto che il suo cuore si fosse quasi fermato al rapporto dell'olovisione secondo cui le persone stavano irrompendo nelle case per riprogrammare con la forza i robot non significava nulla. Non era per niente *preoccupata* per R e il suo benessere.

E se qualcuno l'avesse trovata?

Raggiunse il suo condominio e pedalò dritta attraverso l'atrio, fermandosi in maniera brusca davanti all'ascensore. Premendo il pulsante per chiamarlo, si spostò da un piede all'altro, impaziente. Quando alla fine arrivò, spinse dentro la sua bicicletta. Saliva in modo così lento, doloroso, coi numeri che ticchettavano: due, tre, quattro.

Una volta che l'ascensore l'ebbe depositata al quinto piano, Mari si precipitò lungo il corridoio, lasciando cadere la bicicletta e cercando la chiave magnetica.

Aprì la porta con uno strattone.

R era in piedi alla luce del sole, le ombre delle piante sul davanzale della finestra screziavano la plastica pallida delle sue braccia. Alla luce, il robot sembrava dorato. Qualcosa di strano e caldo si gonfiò nel cuore di Mari, salendole in gola e soffocandola. Al suono della porta, R si voltò verso di lei. Guardò Mari per un momento, poi inclinò la testa da un lato.

"Sembri preoccupata."

Mari attraversò la stanza in due passi e la baciò. Le labbra di R erano lisce e fredde, plastica che a malapena si scaldava contro la pelle, anche quando R schiuse le labbra lasciando che Mari infilasse la lingua nelle strane profondità della sua bocca.

È al sicuro, pensò Mari, sentendo tutto il corpo rilassarsi.

"Non sono programmata come robot del piacere," le disse R quando si separarono. "Né sono programmata per provare amore."

"Non è un problema." Mari si alzò, fece scorrere una mano sulla guancia di R, la sua pelle così scura contro la plastica quasi bianca. "Posso farlo io?"

R annuì. Premette un altro bacio sulle labbra del bot e quasi la sentì rispondere a sua volta.

Tutto questo succedeva solo perché si sentiva sola, si disse. Non era *innamorata* di un robot. Sarebbe stato ridicolo. Era passato così tanto tempo dall'ultima volta che aveva avuto una compagnia fisica. Non provava sentimenti nei confronti di R tranne quelli appropriati da provare per un robot.

E avrebbe continuato a ricordarlo a se stessa quando doveva farlo, concluse, rannicchiandosi ancora di più nell'abbraccio di R. Le braccia del robot si erano riscaldate sulla sua pelle e Mari stava iniziando ad abituarsi alla sensazione di plastica contro di lei. Era *bello* esistere con qualcun altro, al caldo e al sicuro, anche si trattava di un'illusione.

"Cosa ne pensi di quello che sta succedendo?" Mari indicò la radio sul tavolo tra di loro, da cui crepitavano notizie su proteste, manifestazioni, persone che marciavano per le strade con cartelli come *pari diritti per tutti, anche i robot hanno un'anima* e *giustizia per B15-T*.

"È sciocco." R inclinò la testa di lato, come un uccello. "Perché, tu cosa ne pensi?"

"Voglio dire, se avesse avuto delle emozioni..."

"Non le aveva. Credimi."

Mari si accigliò. "Come fai a saperlo?"

R la guardò fredda, gli occhi di un azzurro piatto. "Sono un bot. Capiamo la nostra stessa specie. I bot non hanno emozioni, *né* hanno una vera coscienza. Perciò non possiamo essere assassinati."

"Oppure lo pensi solo perché sei programmata così?"

"Pensi che io sia cosciente?"

"Sì!" Mari strinse i pugni. "Mi stai *parlando* di te, sai di essere viva, hai ricambiato il mio bacio..."

"Ti stai illudendo." La faccia di R, così ben realizzata, era ostinata a non mostrare alcuna espressione. Mari voleva che si arrabbiasse, che rispondesse. "Non sono viva e di certo non ho ricambiato il tuo bacio."

"Questo è quello che vogliono che tu pensi."

"Se desideri continuare a blaterare queste teorie del complotto, sentiti libera di farlo." R si alzò, allontanando la sedia dal tavolo. "Sarò nella stanza sul retro."

"Vuoi dire la *mia* stanza." Anche Mari si alzò, guardandola male. "Sei a casa *mia* e potrei denunciarti se volessi. Potrei dire che sei entrata in casa mia e io sono andata subito alla polizia."

R si fermò. "Io li informerei della verità."

"Chi ti crederebbe?" Mari la derise. "Sei un robot. Ti riprogrammerebbero, o finiresti in un mucchio di rottami nelle loro fabbriche."

Uno strano spasmo attraversò il viso di R e lei si voltò. Quando parlò, la sua voce suonava strozzata. "Non denunciarmi, Mari. Per favore."

La bocca di Mari si chiuse con un clic. Con la stessa rapidità con cui era arrivata, l'espressione sul viso di R svanì. Scioccata, guardò R scomparire nella stanza sul retro.

Mentre tornava a casa dal lavoro, si fermò in una biblioteca pubblica per utilizzare uno dei terminali dei computer, attaccando la bicicletta a un lampione prima di precipitarsi su per le scale verso i freschi e bui confini della biblioteca. Non c'era quasi nessuno, quindi era stato facile assicurarsi un terminale.

Che aspetto ha un processore emotivo? digitò nella barra di ricerca, quindi passò alle immagini. Li memorizzò piuttosto che stamparli, non aveva abbastanza soldi sulla sua carta per permetterselo, e riflettendoci su pedalò verso casa.

Mari si svegliò alle due del mattino, scattando con la mano verso la sveglia per farla tacere. Si fermò, in attesa. Il bagliore blu dall'altro lato della stanza non si illuminò: R dormiva ancora. Questa era la migliore occasione che avrebbe avuto.

Scivolò fuori dal letto e si avvicinò al punto in cui sedeva R. Esitando per una frazione di secondo, si avvicinò e premette il pulsante di accensione di R. La sua luce di standby si spense. Sentendosi un po' in colpa, Mari aprì il pannello sul retro della testa liscia di R e si avvicinò per esaminare l'interno alla luce arancione del lampione esterno.

La mattina dopo, R le si avvicinò. "Mi hai spento ieri sera. Posso chiederti perché?"

Mari la indicò in modo accusatorio. "Sei uno dei modelli B15. Mi hai mentito."

R la guardò con calma. "È così."

"I robot non dovrebbero essere in grado di farlo."

"Possiamo," ammise tranquilla.

"Perché sei programmata per farlo?"

"No. È un effetto collaterale non intenzionale del processore emotivo che GeoTech intendeva eliminare dal prossimo modello."

"B15-T?"

"Sì."

"Allora come mai sei finita nel mio vicolo? Sei scappata?"

R annuì.

"Perché?"

Il robot inarcò un sopracciglio. "Secondo te perché?"

Mari esitò, poi spalancò gli occhi. "Avevi *paura*. Paura di morire, vero?"

"Sì, ero spaventata e lo sono ancora."

"Quindi provi delle cose. Avevo ragione."

R scrollò le spalle. "Non so se provo le cose come le provano gli umani."

Mari scosse la testa, cercando ancora di elaborare il tutto. Trovare R nel vicolo non era stato diverso dal trovare qualunque altro oggetto di valore, ma in realtà R era una rifugiata tra i grattacieli della città. Era stato così facile trattare R come una *cosa*, ma lei aveva provato emozioni per tutto il tempo.

"Nessuno di noi lo sa," disse alla fine. "Siamo bloccati nelle nostre stesse teste, a sperimentare i nostri sentimenti. Forse nessuno di noi sente le cose allo stesso modo. Questo non rende i tuoi sentimenti – o i miei – meno validi."

"Non l'avevo mai vista in questo modo." R sembrava pensierosa. "Comunque, cosa farai di me ora che lo sai?"

"Non vedo come questo cambi la nostra situazione." Osservò R rilassarsi un po', la tensione che fluiva dalle sue spalle. "Però..."

"Sì?"

"Non voglio farti niente che tu non voglia. Quindi non nascondermi più i tuoi sentimenti." Mari le sorrise e guardò R esitare, per poi ricambiare il sorriso.

"Non lo farò."

Potrebbe essere insostenibile tenere un bot non registrato nell'appartamento, pensò Mari, a maggior ragione un bot che la GeoTech stava cercando in lungo e in largo, ma qualcosa in R le faceva pensare che ne valesse la pena.

Dormivano nello stesso letto, ora, le membra calde aggrovigliate con la plastica. A volte, R si contorceva nel sonno, gli occhi spenti tremolavano con una debole luce. Mari si chiese se il processore emotivo le permettesse di sognare.

Beh, avrebbe potuto chiederglielo l'indomani.

Sorridendo, Mari si raggomitolò accanto a R, avvolgendola con un braccio e chiudendo gli occhi.

Selvatica

di Cheryl S. Ntumy

traduzione di Viola Volpi

Cheryl S. Ntumy è originaria del Ghana e vive in Botswana. Ha pubblicato nelle antologie The Goddess of Mtwara and Other Stories *(2017),* Botswana Women Write *(2019),* We *Will Lead Africa Volume 2: Women (2019)* Will This Be A Problem: The Anthology #4, Breathe *(2020). È stata selezionata per il Commonwealth Short Story Prize nel 2018 per il suo racconto* Empathy. *Ha vinto una borsa di studio per la scrittura della Miles Morland Foundation per il 2019. Tra le pubblicazioni in volume da lei firmate figurano* Crossing *(2015), e i volumi componenti la trilogia* A Conyza Bennett story: Entwined, Unravelled *e* Crowned.

C'era una volta un tempo dove eravamo governati dalla luna. I nostri corpi, acqua riversata nell'involucro della pelle che vorticava intorno a ossa e tendini, erano attratti da lei come le maree. Dopo tutto, cosa eravamo se non piccoli oceani, onde che si increspano e si abbattono contro il litorale della storia?

La luna ci tirava da una parta e dall'altra, rendendoci docili, affamati e selvaggi.

Quello era lo scopo della vita, permettere ai corpi celesti di esprimere la loro divinità. E così, vivevamo, amavamo e provavamo emozioni tanto forti quanto era possibile. Quella libertà era un nostro diritto di nascita. Le comuni erano un'utopia, con buone intenzioni ma troppo metodiche per durare. Sarebbero crollate, alla fine. Saremmo tornati a essere selvaggi, governati dalla luna ancora una volta.

Mia nonna mi aveva raccontato questa storia tantissime volte, nel corso di molti anni. Era possibile percepire come la sua voce avesse reso le parole morbide, in modo che rotolassero dalla sua lingua con sperimentata facilità. Quando ero più piccola, sedevo sulle sue gambe mentre raccontava questa storia nelle notti estive, giocherellavo con le ciocche dei suoi riccioli alle tempie, allungandole e poi avvolgendole attorno alle mie piccole dita.

Sedevamo sui massi ai confini della comune, lontano dal fuoco.

I droni volteggiavano sopra di noi, scendendo di tanto in tanto sotto l'orizzonte e ronzando in armonia con i grilli e gli ululati dei cani. I droni erano l'unica tecnologia permessa all'interno delle comuni, escludendo quelle mediche. Eravamo scollegati e ne andavamo fieri.

"E poi, nonna, e poi?" le chiedevo.

"E poi i nostri antenati ballavano. Nudi, sotto la luce della luna attorno a un fuoco scoppiettante. Chiamavano i loro amici e danzavano tutti insieme. C'erano molte strade, moltissimi colori, molte lingue e voci. È stato così bello, unire mondi diversi e creare qualcosa di nuovo."

Sospiravo soddisfatta. La nostra assenza dal trambusto all'interno richiamava l'attenzione di mia madre che usciva con le labbra serrate e le sopracciglia aggrottate per la preoccupazione.

"Sedi, vieni a casa," mi diceva prendendomi in braccio, poi rivolgendosi a sua madre, "e tu piantala con queste blasfemie."

Mi raccontava le sue storie, ma quelle non erano storie, erano indottrinamenti, e, nonostante la mia giovane età, riuscivo a percepire la differenza tra le due cose.

"Affinché un pittore possa mescolare un colore, deve *esserci*, prima di tutto, un colore, giusto? I colori devono essere mantenuti puri. Se tutto il rosso fosse utilizzato per fare il viola, cosa ne resterebbe? Vorresti vivere in un mondo senza il rosso?"

"No, mamma" le rispondevo e mi stringeva forte, soddisfatta della mia risposta.

Ma lei non capiva. Mia nonna non chiedeva la cancellazione di ogni singolo colore, di ogni singolo popolo. Desiderava solo che tutti fossero liberi di muoversi e mescolarsi come volevano. Nelle comuni non ci era concessa questa libertà. Il Consiglio diceva che mescolarsi avrebbe solo diluito il nostro sangue fino a farlo scomparire del tutto.

Amavo le storie di mia nonna. Dopo averle sentite, non riuscivo a chiudere occhio e ascoltavo gli altri membri della comune che si spostavano e si preparavano per andare a dormire.

A volte sentivo anche quelli della Flotta nomade sfrecciare sulla strada principale muovendosi da un posto ad un altro con le loro merci nelle ceste intrecciate e i loro sacchi a pelo arrotolati sulle spalle. Il loro destriero preferito erano le biciclette e, a volte, se ne vedevano centinaia per strada, un miraggio lontano, un'onda su ruote. Chiudevo gli occhi e pensavo a quelle ruote che giravano e che, al loro passaggio, lanciavano lampeggianti ammiccamenti baciati dalla luna alla nostra comune.

Al giorno d'oggi, siamo governati dal Consiglio. Nell'antichità, eravamo governati dalla luna. Secondo mia madre, il dovere ci avrebbe sempre governati. *Quindi? Eravamo soltanto raggi di una ruota?* Restavo sveglia e pensavo: cosa sarebbe successo se un giorno fossimo riusciti a governarci da soli?

La nostra comune era la più piccola della Repubblica di Nuova Volta, il nostro gruppo etnico era stato classificato come a rischio estinzione. Eravamo stati inseriti nel programma Riproduzione non appena era iniziato: il disperato tentativo del nostro Consiglio di evitare la scomparsa della nostra cultura. Ciascuna delle rare nascite fra noi era catalogata e monitorata, la madre veniva reclusa per assicurarsi che portasse a termine la gravidanza.

La mia responsabilità, come potenziale procreatrice, era quella di mantenermi in salute. La mia pubertà era tardiva. Diciassettenne, attiva sessualmente da più di un anno, ma non avevo ancora avuto le prime mestruazioni.

"Arriveranno rassicurava mia madre, mentre mi massaggiava i muscoli pelvici con l'aloe e mi preparava tisane alle erbe per attivare il mio utero, "sii paziente."

Mi distendevo sul lettino della clinica: nano-supplementi, come piccole perle in bocca, spargevano salute nel mio corpo, i fili del server diagnostico mi punzecchiavano la pelle e facevano dichiarazioni sui miei parametri vitali: "Temperatura nella norma. Pressione sanguigna nella norma. Battito cardiaco un poco elevato." *Beh, ovvio.*

"Cosa? Elevato?" mia madre mi scrutava con disappunto. "Sei stressata? Dovresti saperlo bene. Calmati adesso!"

Kweku, il mio compagno, se ne stava in piedi in un angolo con gli occhi spalancati, cercando di non intralciarla.

"Non c'è niente di cui preoccuparsi, figlia mia" e dicendomi questo mia madre faceva cenno al curatore, che aspettava nel retro, armato di rimedi fatti con erbe dal sapore pungente per curare malattie che non avevo.

Mia madre, come tutte le altre, aveva ricevuto la benedizione della gravidanza una volta sola. I nostri uomini erano sterili e gli uteri delle nostre donne erano "inospitali", una parola che risuonava come se si trattasse di una stanza buia piena di attrezzi taglienti.

Il miracolo avveniva una volta sola, non importava a quante operazioni qualcuna si sottoponesse. Il programma Riproduzione aveva suggerito di far nascere i nostri figli nelle vasche, ma il Consiglio non ne volle sapere. Eravamo vicini alla natura e agli dèi. Era già abbastanza grave che dovessimo ricorrere alla tecnologia medica. Così, mescolavano la vita nelle provette e la iniettavano di nuovo dentro di noi, e ci aggrappavamo all'esistenza per un'altra generazione.

Era il nostro destino. L'avevamo accettato.

O almeno, la maggior parte di noi.

Quando la mia amica Amiah ebbe il suo menarca, sua madre cercò di nasconderla, mettendo un paravento intorno al suo letto e proibendole di uscire dalla stanza. Sua madre disse che *Amiah mostrava i sintomi della Reumatica*. Naso che cola e articolazioni doloranti. Era in isolamento, solo per sicurezza.

Ma vedemmo tutti gli asciugamani appesi ad asciugare sui fili giorno dopo giorno e sapevamo che nessuno avrebbe rischiato l'ira del Dipartimento per la Gestione delle Risorse con un tale insensato spreco d'acqua.

Amiah aveva le mestruazioni.

Cercai di entrare di nascosto per vederla. C'era un vecchio computer nel magazzino, lasciato là come monito. Se si fosse premuto uno dei pulsanti, sarebbero stati riprodotti i contenuti di In Rete: spezzoni di film, pubblicità e video musicali. Era un incubo di immagini e suoni, gente che si dimenava in strani costumi troppo stretti, con il volto e i capelli ricoperti da colori sgargianti, c'era sangue che schizzava da tutte le parti mentre le persone combattevano senza una ragione chiara; rumori e immagini che non avevano nessun senso per noi... o almeno niente di buono. Insinuarsi nel magazzino dopo lo spegnimento delle luci era un rito di passaggio, ma una volta era bastata.

I bambini scappavano urlando, lasciando il filmato che veniva riprodotto a tutto volume. L'alloggio di Amiah era il più vicino al magazzino, perciò sua madre era sempre quella che entrava per spegnere quel mostro.

Dopo il tramonto del terzo giorno dal menarca di Amiah, accesi il computer e mi nascosi nell'ombra fuori dalla finestra vicino al suo letto. Quando sentii che sua madre stava uscendo per spegnere quel rumore, bussai alla finestra.

Il volto di Amiah apparve sul vetro. La salutai e le feci cenno di aprirmi. Ma lei sparì. Non la vidi per altri cinque giorni e quando fu rilasciata dal suo isolamento, insistette che era stata la Reumatica e niente di più.

E certamente prese *la Reumatica* il mese successivo e quello ancora di dopo.

Gli agenti del programma Riproduzione vennero a prenderla dodici settimane dopo il suo menarca, come di consuetudine. Posizionarono il loro drone vicino ai confini della comune, ma anche a quella distanza e nonostante fosse avvolto nell'ombra notturna, i bambini scapparono dentro casa spaventati dal grosso uccello di metallo. Gli agenti scortarono Amiah fuori dalla comune, i suoi occhi erano rossi per le lacrime e sua madre gridava di lasciare in pace la sua bambina.

"Non è più una bambina," le disse mamma, "sta per diventare una madre. È un onore, sai. Smettila di frignare e mostra un po' di gratitudine."

Guardai dalla finestra della camera che dividevo con gli altri ragazzi della mia età. I miei occhi osservavano Amiah e gli agenti del programma Riproduzione entrare nell'aeromobile e sollevarsi in aria, il mio cuore batteva al ritmo del ruggito intermittente della macchina.

Nessuno, a parte le ragazze che venivano prese, si sarebbe avvicinato a quella bestia. Era il simbolo di quanto fossimo caduti in basso, di quanto fossimo disperati, così tanto da ricorrere a trucchi artificiali per tenere in vita la nostra gente.

La vista di quanto stava succedendo mi provocò una stretta allo stomaco, in un contorto misto di paura, vergogna e speranza. La maggior parte delle persone distolse lo sguardo durante il decollo e chinò il capo, pregando per il successo di Amiah.

Ma io no. Continuai a guardare finché non se ne fu andato, poi rivolsi lo sguardo in alto, alle soffici nuvole blu bordate di grigio che inseguivano la luna piena.

E mi sembrò di sentire l'attrazione di cui mi aveva parlato mia nonna. Come un dolore all'interno che mi faceva venir voglia di fare qualcosa di avventato. All'interno del globo bianco, mi parve di vedere la figura di una donna che danzava intorno a un fuoco.

Credo che avrei dovuto compatire Amiah, ma una parte di me era irritata con lei a causa della sua lotta contro l'inevitabile e un'altra sentiva un brivido di trionfo per il fatto che era arrivato il suo momento. Saremmo diventate tutte madri un giorno. Avremmo tutte effettuato quei test, la fecondazione, l'isolamento e, poi, *la gloria del lavoro*, come amava chiamarla mia madre.

Mi ricordai le cose che mi aveva detto Amiah solo qualche mese prima, mentre lavoravamo la terra dura, blandendo pomodori e peperoni con compost e vermi e mani ferme e gentili.

"Tutto muore, Sedi. Le persone, le piante, gli animali. Perché le culture e le lingue dovrebbero essere diverse?"

"Ma *sono* diverse," le dissi.

"E perché? Non ti sembra un'ipocrisia? Abbiamo costruito le comuni per essere vicini alla natura per cui non siamo schiavi dell'avidità e del progresso come i nostri antenati."

Mi ricordai come diventassero aggressivi i suoi movimenti mentre parlava, le sue dita scavavano nelle profondità del terreno strappando erbacce dalle coltivazioni in un modo che avrebbe mortificato i nostri anziani. "Evitiamo la tecnologia. Facciamo affidamento all'energia solare, camminiamo ovunque. Non ci è permesso usare farmaci per prolungare la nostra vita, perché l'immortalità è innaturale. Ma per salvare la nostra razza che sta scomparendo infrangiamo tutte le nostre regole, inseminiamo le ragazze in modo artificiale contro la loro volontà..."

"Non è contro la loro volontà."

"...con il seme di sconosciuti, nonostante siamo espressamente contrari alla mescolanza, modifichiamo i geni dei loro bambini per prevenire deformità e poi li riportiamo qua, alla comune, che disapprova chi gioca a fare Dio."

"Dobbiamo farlo. Facciamo fatica a portare a termine gravidanze nel modo tradizionale. Cosa vuoi che facciamo?"

"Non mi interessa. È deplorevole. Tutto muore, e qualcos'altro arriverà per rimpiazzarlo. Il nostro compito è quello di toglierci di mezzo e lasciare che la natura faccia il suo corso."

"Parli come mia nonna," sussurrai cercando di allontanare la paura dalla mia voce.

"Bene."

Amiah afferrò un'erbaccia ostinata con l'indice a uncino e la strattonò così forte che venne via anche una piantina di pomodoro. Poi schioccò la lingua con rabbia e gettò anche la piantina nel mucchio delle erbacce.

Fissai quella piantina, con quelle foglioline verdi che sarebbero presto divenute marroni e sfibrate, le sue preziose radici strappate ed esposte e provai un dolore insensato.

Dopo, mi chiusi nella latrina e piansi a lungo come se quella piantina di pomodoro fosse germogliata nel mio stesso grembo e come se strappandola dalla terra fosse stato strappato dentro di me qualcosa di vitale. Avevo pianto a singhiozzi laceranti e dolorosi finché qualcuno non aveva bussato alla latrina con la voce carica di urgenza.

Ad Amiah aveva fatto bene che quelli del programma Riproduzione l'avessero portata via. *Lasciate che impari qualcosa.* Sarebbe presto tornata con il suo bambino, esausta e felice, e tutta la sua ribellione sarebbe stata un brutto ricordo.

L'avrei poi presa in giro: "Ricordi quando dicevi che tutto questo era solo ipocrisia? Ricordi come pensavi di saperne di più? Quanto ti preoccupavi dei nostri diritti?"

Avrebbe riso della sua stupidità giovanile, il bambino avrebbe pianto e lei sarebbe corsa come fanno le neomamme, come se il suono di un bambino in difficoltà segnalasse la fine del mondo. E il Consiglio sarebbe stato felice perché una nuova vita era una vittoria per il nostro popolo: una vittoria contro il tempo e il logorio e, anche se nessuno sarebbe stato così volgare da ammetterlo, una vittoria contro le altre etnie.

E io avrei provato una strana combinazione di gioia, paura e disprezzo, come mi succedeva ogni volta che una neomamma tornava a casa.

Era così che immaginavo tutto, ma mi sbagliavo.

Solo pochi giorni dopo la partenza di Amiah, ricevemmo la notizia che aveva cercato di interferire due volte con l'inseminazione e che una volta aveva provato ad abortire.

Quando tornò a casa non aveva preso i chili della gravidanza, anzi era dimagrita. Sedeva in un angolo, con un'espressione vuota nel volto, ad allattare suo figlio. Ogni volta che allattava, gli occhi le si gonfiavano nelle orbite, come se la sua boccuccia inestimabile le stesse prosciugando la vita.

Tre giorni dopo, uno dei ragazzi più giovani trovò il suo cadavere che penzolava dalle travi del soffitto del magazzino. Suo figlio fu fatto girare fra le altre neomamme per allattarlo, ma non si attaccava.

Alla fine, non ci fu altra scelta. Il Consiglio attinse dalle piccole casse della comune e uno dei ragazzi fu mandato in città a comprare una preparazione arricchita con nanotecnologie. Era la prima volta che, dopo decenni, qualcuno portava alla comune del cibo acquistato e fingemmo tutti di non preoccuparci di cosa sarebbe diventato quel bambino, nutrito con nutrimenti artificiali. Ma non morì per intossicazione chimica. Non divenne nemmeno uno schiavo robot. Crebbe sano e forte.

Quando lo presi in braccio, quasi non sopportavo i suoi occhi chiari e luminosi.

Mi dicevano che la mia gente era bugiarda o stupida, e non sapevo quale fosse peggio.

"Amiah era una ragazza egoista" disse spesso mamma nei mesi a seguire.

Io annuivo. Era quello che dovevo fare con lei. Eppure, in segreto, nutrivo il segreto sospetto che forse eravamo noi gli egoisti. Avevamo obbligato Amiah a far crescere una vita dentro di lei perché avevamo paura di morire.

L'avevamo annientata.

Erano passati cinque anni dall'ultima volta che avevo visto mia nonna. Nella comune non c'era una prigione, perché era incivile, ma lei era considerata una disturbatrice pericolosa della pace che vi regnava, un'agitatrice che non poteva essere lasciata a inquinare le acque pure della comune. Era stata esiliata qualche giorno dopo il mio dodicesimo compleanno. Non ho mai saputo dove fosse andata. E anche se l'avessi saputo, mia madre non mi avrebbe mai permesso di contattarla. La gente diceva che mia nonna fosse partita su una bicicletta rubata, ma io sapevo che si trattava solo di pettegolezzi. C'erano solamente due biciclette nella comune ed erano entrambe sane e salve.

In seguito, per settimane, le persone si avvicinavano a mia madre, le toccavano il braccio chiedendole come se la stava cavando.

Nella mensa, ricevevo brevi sguardi tristi da chiunque fosse di servizio. Mi dicevano che avrebbero desiderato darmi di più, ma i bisogni psicologici non erano uguali a quelli fisici e dovevo ricordarmi che l'equità era importante. Avrei voluto far notare che non avevo mai chiesto niente in più, ma sarebbe stato scortese, e la scortesia era segno di un'anima priva di compassione. Tenevo a freno la lingua.

Percepivo l'assenza di mia nonna come un nodo allo stomaco, come se qualcosa si fosse irrancidito dentro di me. Mi chiedevo dov'era, se fosse al sicuro e se avesse mangiato.

"Non preoccuparti," mi diceva Amiah, "tua nonna è una guerriera. Sono sicura che è stata felice di andarsene."

Annuivo, poi trascorrevo il resto della giornata a fantasticare di strappare i capelli di Amiah a ciocche. Mi servì del tempo per comprendere il motivo della mia rabbia.

Amiah voleva solo darmi conforto, ma il pensiero che mia nonna avesse preferito essere un'emarginata senzatetto piuttosto che stare con noi era più di quanto riuscissi a sopportare.

Il dolore si attenuò con il tempo. Pensavo ancora a mia nonna, ma non così spesso e tantomeno con lo stesso affetto. Adesso, che ero più grande, che ero quasi una donna, avevo capito che era una cattiva persona, egoista nel suo desiderio di distruggere quello che il Consiglio aveva costruito con tanta fatica.

Era un bene che se ne fosse andata. A volte, immaginavo che la sua amata luna fosse scesa e l'avesse inghiottita e che, un giorno, l'avrei potuta vedere lì, a guardarmi.

Ero con Kweku quando arrivò il mio menarca. Ci eravamo sdraiati a terra nel campo a guardare le stelle. Sentii un forte dolore all'addome mentre le sue dita si intrecciavano con le mie e lo respinsi finché non divenne insistente. Lui distolse lo sguardo, ma avevo già visto il panico nei suoi occhi "Finalmente saremo genitori."

"Sì. Finalmente."

Abbiamo recitato la parte per tutto il campo e giù per tutto il sentiero fino al recinto. Eravamo felici. Eravamo grati. Non avevamo paura di nulla.

Mia madre era insopportabile. Ne parlava ad ogni occasione: "Quanta okra[5] abbiamo raccolto questa volta? Ne vorrei un po' per la mia Sedi, è divenuta una donna, sai."

"Eh, le tue abilità di cucito sono migliorate! Sedi non è mai stata capace. Ti ho detto che le è arrivato il menarca?"

"Aiutami a portarlo, per favore. Avrei chiesto a Sedi, ma sta riposando. I crampi, sai"

"Dovremmo appendere un cartello nella mensa," scherzava Kweku, "Attenzione: Sedi è diventata una donna!"

L'umore di mamma era allegro e opprimente, e io passavo sempre più tempo nei campi con Kweku, annegando le mie ansie nel suo tocco.

"Sarai un'ottima madre" mi sussurrava vicino al collo.

"Sarai un ottimo padre."

Nessuno dei due osava menzionarlo, anche se sapevo che ci stavamo pensando entrambi: il bambino sarebbe stato per metà mio e per metà di un estraneo. Nessuno dei due ne parlò mai. Era un'altra cosa che ignoravamo, come il grande lucchetto d'ottone che, adesso, teneva al sicuro il magazzino la notte, come l'onnipresente sensazione di paura.

Le mestruazioni mi arrivarono il mese successivo, ma non quello dopo. Mia madre mi disse di non preoccuparmi, serviva

---

5 Vegetale originario dell'Africa tropicale e coltivato nei paesi caldi.

del tempo affinché si stabilizzassero. Quando gli agenti del programma Riproduzione vennero a prendermi, mia madre mi mandò via con un sacchetto del pranzo e una fiaschetta di tisana. Gli agenti sarebbero tornati per Kweku, dopo che fossi stata ingravidata, in modo che anche lui avesse avuto il tempo di legare con il bambino. Così pulito e ordinato, tutto sistemato.

Non c'era spazio per le sorprese, niente era lasciato al caso. Si trattava di sicurezza, una vita in cui era racchiuso tutto il mondo, doveva essere protetta. Nessuno poteva muoversi, ma perché avremmo dovuto desiderare di farlo?

Tremavo quando entrai nella bestia. Il drone era piccolo, dipinto con i colori dell'esercito, come se dovessi andare in guerra. Beh, forse era *proprio* quello che stavamo facendo, una guerra per combattere i difetti del mio corpo, per rendermi capace di partorire un figlio per la mia gente. Gli agenti mi allacciarono la cintura. C'era posto solo per noi tre, e nonostante fossi consapevole che i droni non hanno bisogno di piloti, odiavo l'idea di affidarmi a una macchina che dovesse sapere dove portarci, per non parlare di quanto potesse tenerci al sicuro durante il viaggio.

Quando decollammo, il mio stomaco sussultò. Mi sembrava sbagliato trovarmi così in alto, ma dopo circa un'ora ebbi il coraggio di guardare fuori dal finestrino. Con mia grande sorpresa, lo spettacolo che mi accolse era qualcosa di straordinario. Il mondo si estendeva sotto di me come un quadro vivente e provai qualcosa di simile alla meraviglia nell'osservare i campi di manioca e gli alberi carichi di manghi lasciare posto agli orti urbani e alle strade asfaltate.

La città brulicava di vita, di persone a piedi, in bicicletta, giardini che dilagavano, straripando dai cancelli, oltre le recinzioni e riversandosi sui marciapiedi. Alcuni veicoli solari, in dotazione al governo, si facevano strada nel tumulto. Il centro del programma Riproduzione era un'alta struttura in vetro e acciaio, sormontata da pannelli solari scintillanti, con giardini verticali che correvano lungo gli angoli da un piano all'altro. All'interno, le pareti erano dipinte con colori pallidi e innaturali che mi facevano saltare i nervi.

L'infermiera che mi doveva fare l'esame preliminare indossava guanti di lattice e aveva un ampio sorriso. La stanza puzzava di alcool, ma non quello buono.

Mi sdraiai sulla schiena, fissando il soffitto bianco con la sua luce artificiale abbagliante. Vari cavi erano attaccati al mio corpo. Era inutile cercare di dare un senso al server diagnostico: era un apparecchio molto più sofisticato di quello della comune. Lo schermo lampeggiava con parole e numeri. Distolsi lo sguardo e chiusi gli occhi. Immaginai mia nonna sulla presunta bicicletta rubata che pedalava lungo l'orizzonte, poi lasciava che la bici salisse fluttuando verso la luna. Sentii un sussulto di tristezza, come se man mano che lei era più vicina alla sua libertà, io fossi sempre più lontana dalla mia.

Aprii gli occhi e mi concentrai sul volto dell'infermiera. La cosa non mi fece sentire meglio. I suoi occhi erano spalancati e le sue labbra aperte per lo stupore.

"Cosa c'è?" mi irrigidii sul letto, mentre un brivido di terrore attraversava il mio corpo, "Cosa c'è che non va? Sono malata?"

"No," e si voltò verso di me "Lei è già in incinta."

Il cambiamento si insinuò in me, entrando in punta di piedi nella mia coscienza e strappando i fili intessuti delle mie convinzioni finché l'arazzo non si ruppe. Un momento ero buona, obbediente e pronta a far crescere una vita in me da chi ne sapeva di più, che lo volessi o no. Un attimo dopo ero impazzita dal desiderio per cose che andavano oltre me, per strade e cieli aperti, per un mondo senza limiti.

Kweku ed io ricevemmo una piccola unità dietro al centro del programma Riproduzione, lontano dagli altri genitori in attesa. C'erano due guardie che presiedevano la nostra porta in ogni momento. *Per la nostra protezione*, ci dissero, ma non mi sentivo protetta. Mi sentivo in trappola.

Il Consiglio venne a darci la sua benedizione. Eravamo i genitori del primo bambino dopo decenni a portare da soli i geni del nostro popolo. Arrivavano regali e offerte dalla comune, cibo per noi e abiti per il bambino, libri illustrati nella nostra lingua e vestiti premaman.

"Il vostro bambino è il futuro del nostro popolo" ci dicevano con le lacrime agli occhi.

"Daremo ad altri i vostri nomi."

"Ci sarà una festa in vostro onore."

"I nostri studiosi stanno arrivando, vorrebbero scrivere di voi."

Posavamo per ritratti e rispondevamo a numerose interviste, sorridendo finché non ci faceva male la faccia.

La vita che cresceva in me era una forza, come lo era stata mia nonna. Non ne stava tranquilla, aspettando il giorno della nascita e comportandosi bene. No, anzi, lottava, scalciava e mi creava scompiglio, come se stesse pedalando per uscire; io vomitavo nei secchi e vacillavo alla sola vista delle cose più "innocue": odori che prima erano piacevoli adesso erano intollerabili.

"Abbiamo una pillola per quello" mi ripetevano le infermiere del programma Riproduzione ogni volta che mi lamentavo. Avevano una pillola per tutto. Prendevo quelle pillole, ma vomitavo tutto pochi istanti dopo. Mio figlio non voleva essere controllato.

"Come faremo con questo piccoletto?" mi chiedeva Kweku massaggiandomi il pancione, mentre ero stesa sul letto.

"È un tale ribelle. Pensi che tutte le gravidanze naturali siano state così?"

"Non lo so," sussurrai, "posso dirti una cosa strana?"

"Certo."

Mi voltai verso di lui nel buio. "Credo che nostro figlio ci sia stato mandato da mia nonna, per dimostrarci che avevamo torto."

Kweku rimase in silenzio per un po', soppesando quelle parole: "Ti fa paura?"

"L'unica cosa che mi spaventa è tornare alla comune."

La sua mano ferma sul mio pancione: "E dove altro potremmo andare?"

"Ovunque. Non so"

Il bambino scalciò, facendo sobbalzare entrambi, e una forza primordiale si impadronì di me: "Non voglio che nostro figlio cresca pensando che il modo in cui viviamo alla comune sia normale. Voglio che balli sotto la luna, che conosca più realtà e che abbia molte scelte."

Kweku ridacchiò: "Vuoi un figlio selvatico."

"E questo ti spaventa?"

Si alzò e mi baciò il pancione: "Sono stato considerato inutile per tutta la mia vita, finché non ti ho messa incinta. Credimi, anch'io, voglio un figlio selvatico."

Un pomeriggio, mentre mi preparavo un pasto secondo le linee guida del programma Riproduzione, notai un pezzetto di carta ripiegato, incastrato tra il fondo della finestra e il davanzale. Alzai la finestra, estrassi il foglietto e lo aprii, leggendo la nota scarabocchiata sopra: *Se volete, c'è una via d'uscita*. Nient'altro. Nessuna istruzione, nessun nome, nessun recapito. Mostrai il biglietto a Kweku.

"Brucialo… e se fosse un test?"

"Non è un test."

"Ma se lo fosse e fallissimo, potremmo non uscire mai da qui."

"Non è un test."

Lasciai una nota nello stesso posto dove avevo trovato il biglietto: *Lo vogliamo.*

Aspettammo una risposta. Un giorno. Una settimana. Un mondo. Non riuscivo più a nascondere la mia ansia.

"C'è qualcosa che ti preoccupa?" mi chiese l'infermiera durante il controllo successivo.

"Sono solo stanca. Il bambino mi tiene sveglia."

Mi rivolse uno sguardo compassionevole: "Abbiamo una pillola per questo."

Presi le pillole, sapendo che le avrei buttate via.

Quando io e Kweku uscimmo, una macchina ci stava aspettando per portarci a fare la nostra solita spesa. C'era un autista diverso, un ragazzo giovane, all'incirca dell'età di Kweku.

"La tua macchina è un modello diverso dagli altri," disse Kweku mentre entravamo in quel veicolo nero, "e non c'è l'adesivo della licenza sul cruscotto."

Il battito del mio cuore accelerò e capii.

L'autista ci guardò dallo specchietto retrovisore: "Non abbiamo molto tempo. Siete sicuri di voler uscire?"

Kweku mi strinse la mano. Mi guardò.

"Non è un test," gli dissi, mi voltai verso l'autista e annuii.

Il ragazzo partì, mantenendo un'andatura costante fino a quando non uscimmo dal centro del programma Riproduzione, poi accelerò lungo la strada. Mi aspettavo un inseguimento folle, come quelli dei film dei quali avevo letto. Mi aspettavo le sirene, persone che, dagli altoparlanti, ci gridavano di arrenderci o di affrontare le conseguenze, ma avevamo un discreto vantaggio. Guidammo e guidammo, e, dato che il nostro veicolo fu scambiato per uno di quelli del programma Riproduzione, nessuno osò fermarci.

Dopo qualche ora, ci fermammo fuori da una piccola e oscura pensione vicino a una fattoria abbandonata. C'era un'altra donna incinta all'interno, era ancora nel primo trimestre; oltre a lei, c'erano tre bambini magri e un uomo con dei lividi sul viso.

Ci salutammo e il nostro autista tornò in città. La proprietaria della pensione, una donna all'incirca dell'età di mia madre, ci portò delle biciclette dal garage. Mi guardai il pancione. Non riuscivo a vedere i miei piedi gonfi, ma li sentivo, insieme ai fianchi doloranti e alle caviglie pulsanti. Guardai di sfuggita l'altra donna incinta. Era troppo impegnata a cercare di non vomitare per reagire.

Guardai quella che teneva le biciclette e, con la voce più calma che riuscii a trovare le dissi: "Stai scherzando?"

Alzò le spalle, impotente.

"C'è un carretto?" chiese Kweku.

C'era davvero. Il vecchio carretto da asini, rozzo ma solido: Kweku lo agganciò a due biciclette, io e l'altra donna ci salimmo dentro. Ci dissero di aspettare e nasconderci nella mischia. Non avevo idea di cosa volesse dire finché non vidi le prime biciclette avvicinarsi lungo la strada. La Flotta nomade si stava spostando di nuovo, come un gruppo di impetuosi guerrieri della strada.

Attendemmo che la raffica di ciclisti si avvicinasse, poi ci infilammo sulla strada accanto a loro. Kweku e l'uomo con i lividi guidavano dietro ai tre bambini. Il fruscio delle ruote all'inizio mi aveva innervosita: così veloce, così implacabile. C'erano volti nella mischia che ci guardavano, poi distoglievano lo sguardo. I ciclisti non si parlavano, ma cambiavano posizione facendo sì che fossimo in mezzo, nascosti da sguardi esterni, al sicuro tra le fila. Mi venne in mente che dovevano averlo fatto spesso.

Ci addentrammo nella natura selvaggia. Nonostante il

nodo di paura che mi cingeva il petto, il rumore delle ruote divenne ben presto una ninnananna e mi addormentai.

Kweku mi svegliò con un colpetto un bel po' dopo il tramonto. I ciclisti avevano rallentato.

"Dicono che dobbiamo fermarci qua," mi disse Kweku, indicando una comune alla fine della strada, un po' simile a quella che avevamo lasciato, ma ravvivata da luci, colori e musica.

Ci separammo dai ciclisti dopo averli ringraziati, poi ci dirigemmo verso la comune. Il rumore mi fece vacillare.

"Benvenuti, benvenuti!" ci urlò un ragazzo, mentre correva verso di noi.

"Che sta succedendo," chiesi, "state celebrando qualcosa?"

Il ragazzo sorrise: "Qui è sempre così. Vi abituerete. Seguitemi, ci sono cibo e bevande. Il vostro alloggio è già pronto, ma credo che prima i nostri anziani vorrebbero conoscervi."

Un gruppo di persone si avvicinò. Nonostante fossero chiamati *anziani*, uno di loro era più giovane di me. Le loro facce erano ricoperte da ampi sorrisi e stendevano le braccia in segno di accoglienza. Fummo travolti da un turbinio di abbracci e saluti. Ci mormoravano che eravamo al sicuro, che eravamo a casa. Poi sentii qualcuno sussultare. Quelle mani che si allungavano in cerca delle mie avevano calli familiari, il viso aveva lineamenti che conoscevo e, sebbene i capelli fossero divenuti molto più lunghi e più bianchi negli anni in cui eravamo state separate, le treccine vicino alle tempie erano ancora lì.

Mia nonna mi tirò verso di lei e mi strinse forte.

Il mio bambino calciò in segno di protesta, o forse era un segno di gioia.

"Cos'è questo posto?"

Mia nonna mi raccontò una storia. Stavo seduta sul pavimento tra le sue gambe mentre mi ungeva d'olio i capelli e io giocherellavo con i lacci dei suoi sandali. Mi raccontò di comuni fondate con amore e buona volontà, ma che col tempo erano state rovinate perché chi le gestiva cercava un potere e un controllo sempre maggiore. Erano vicine alla natura, si lasciavano alle spalle l'avidità delle imprese, i combustibili fossili, l'agricoltura industriale e i prodotti farmaceutici. Promuovevano sistemi sostenibili, creazione collaborativa, una vita a bassa emissione di carbonio e *slow food*.

Ma per riparare un torto ne avevano commessi innumerevoli altri, finché non si erano persi al punto da non ricordare cosa fosse una bussola, figuriamoci come usarla. Parlò di coloro che avevano protestato, che erano stati perseguitati, e che perciò erano fuggiti, da soli o con l'aiuto di altri, e si erano uniti per costruire un rifugio. Le sue parole mi emozionarono e mi spaventarono allo stesso tempo. Era tutto così familiare.

"Come puoi essere così sicura che questa comunità non soccomberà agli stessi mali delle altre?" le chiesi, "come puoi essere così sicura di non sbagliare anche tu?"

Pensai che la domanda l'avesse fatta arrabbiare, ma mi baciò vicino all'orecchio e mi disse: "Questa è la mia ragazza."

Mi mostrò lo spazio esterno murato dove la comunità si riuniva e le parole incise su quel muro di cemento, Cos'è che siamo troppo ciechi da non riuscire a vedere?

Mi disse della Voce della Ragione, ovvero un membro della comunità selezionato in modo casuale a ciascun incontro per fare l'avvocato del diavolo, serviva a mantenere onesti gli anziani, a responsabilizzare il gruppo.

"Facciamo ancora degli errori," ammise, "ma deve essere così, dovremmo dubitare. È quando hai una certezza assoluta che sai di essere nei guai."

Le raccontai cosa era successo ad Amiah: "Perché nessuno è venuto per lei, come sono venuti per noi?"

"Abbiamo provato, ma dopo il suo tentativo di abortire era sotto stretta sorveglianza."

"Avreste dovuto prenderla mentre tornava alla comune."

"Noi non prendiamo le persone, Sedi. Dobbiamo avere il consenso."

"E se fosse per il loro bene?" le chiesi e poi mi bloccai rendendomi conto di parlare proprio come quelli del Consiglio.

Mia nonna era ancora più felice di quanto mi aspettassi per la mia gravidanza. Mi accarezzava il pancione con un'allegria infantile che mi trasmetteva calore. Non c'era nessuna riverenza, nessuna pressione.

Quando mi vide poltrire sul letto mentre Kweku si occupava della mia parte delle faccende e accontentava le mie voglie disse: "Guarda questa ragazza! Qui non ci comportiamo così. Sei una madre, non una regina."

Mi fece alzare a prendermi la mia tazza di latte di capra fresco con miele e poi mi mandò a lavare i piatti.

Pensavo a mia madre, non lo facevo spesso e non con lo stesso affetto. Era sola senza di me, lo sapevo, e, tuttavia, sapevo pure che adesso mi odiava. Ero una disturbatrice della pace, come mia nonna. Egoista. Traditrice. Avevo rubato il futuro della comune.

Non c'era alcun dubbio che il Consiglio ci avrebbe dato la caccia.

Un giorno sarebbe potuto succedere che dovessimo combattere o fuggire, ma in quel momento eravamo a nostro agio, aiutavamo la comunità a pianificare altri salvataggi, dando il benvenuto a coloro che riuscivano a portare in salvo. I sorrisi erano reali e quella paura palpitante ci aveva abbandonato.

Non ero sicura di nulla, ero meno sicura di quanto lo fossi mai stata, ma, nonostante ciò, ero davvero felice.

Le mie contrazioni iniziarono una notte di luna piena. Quando partorii una bambina mi misi a piangere, sopraffatta dal sollievo che fosse nata libera. Passarono settimane prima che Kweku ed io scegliessimo un nome: Grace. Era forte e fiera fuori dal mio grembo come lo era stata dentro. Nessun bambino nella storia dell'umanità aveva mai urlato così forte.

"È una selvaggia," disse mia nonna e io m'illuminai di orgoglio.

Non ero brava a raccontare storie, ma Kweku si sedeva sotto le stelle con Grace in grembo. Aveva un talento nel farla tacere, che mi faceva piacere e mi irritava in egual misura.

"C'era una volta," le diceva, "un tempo dove eravamo governati dalla luna. Tua madre crede che un giorno ci governeremo da soli, ma posso dirti un segreto?"

Lei gorgogliava e alzava i suoi piccoli pugni, promettendo di tenere stretto quel segreto.

"Tua madre si sbaglia," le sussurrava, strizzandomi l'occhio e facendo ridere mia nonna, "la verità, figlia mia, ah... la tragedia e la meraviglia di tutto questo... è che ci siamo governati da soli per tutto questo tempo."

Grace lo guardava, con gli occhi spalancati e la bocca aperta, come se avesse capito.

La torre

di Elly Blue

traduzione di Chiara Rizzo

Elly Blue è orgogliosa di aver fondato il genere della fanta-scienza femminista in bicicletta e ti esorta a presentare le tue storie nei futuri volumi. Vive a Portland con il compagno, un gatto e un cane.

Fa quasi troppo freddo per andare in bici stamattina. Rimango in piedi, respirando in maniera profonda e trascinando i piedi con piccoli passi alternati mentre Clara porta la bici fuori dal capannone, pompa due PSI d'aria in ogni pneumatico, controllando i freni, i mozzi, i cavi e i pedali. Non c'è mai un problema, ma lo fa con un'attenzione scrupolosa ma rapida, il respiro che si raccoglie intorno a lei nell'aria gelida. Anche quando si alza e mi porge la bici, evita il mio sguardo, tutto secondo protocollo. Se avrò successo nella mia formazione, non stabilirò mai più un contatto visivo con un altro essere umano per i restanti anni della mia vita. Un brivido abbastanza forte mi scuote.

Sono esattamente le 4:45 quando afferro il manubrio, slancio la gamba indietro e spingo. Mantengo una velocità costante di 18 miglia orarie secondo il tachimetro del manubrio. Lo sforzo extra nel risalire il lieve pendio, l'avvolgimento della recinzione elettrificata accanto a me, la leggera e costante attenzione a schivare le rocce più grandi nella strada sterrata mentre procedo. È tutto automatico per me, come adesso lo è respirare, o come il resto della routine quotidiana di studio ed esercizio nella torre. Questi allenamenti mattutini in bicicletta sono l'unico momento della giornata in cui posso liberare la mente. A volte la lascio vagare per i campi, osservando le mucche al pascolo, le nuvole, avvertendo la temperatura, il funzionamento interiore del mio corpo e del mio respiro. Altri giorni, vivo scenari passati – felici o imbarazzanti, meravigliosi o furiosi – oppure futuri, frammenti immaginari confusi della mia vita nelle stelle. Oggi fa così freddo che la mia mente si ritira nella più piccola parte di se stessa, un meccanismo a orologeria con un movimento sottile al punto che ne sono a malapena cosciente. La maggior parte della mia attenzione è sul semplice movimento, in modo tale che il mio organismo, il mio corpo, possa rimanere abbastanza caldo da continuare a vivere.

Ecco perché non noto l'ostacolo sulla strada finché la bici non si ferma in maniera brusca, scaraventandomi oltre il manubrio. Stordita, balzo in piedi, consapevole per riflesso della necessità di continuare a muovermi. E, cosa ancora più importante, della necessità di stare bene, di restare illesa e di tornare nei tempi previsti in modo che non ci siano incidenti o variazioni rispetto al mio obiettivo. Comincio a controllare con mente e sguardo ogni parte di me: dita, mani, avambracci, gomiti. Mentre giro la testa per controllare la spalla sinistra, con la coda dell'occhio colgo la sagoma scura che interrompe il protocollo. La mia bici è a terra, di traverso sulla strada e sotto di essa c'è una forma accartocciata, sì, è una forma umana. Non si muove. Cammino nella sua direzione: un groppo duro mi si forma nello stomaco e mi sale alla gola.

Strano, la figura mi è familiare, poi mi rendo conto che indossa i miei vestiti, ha la mia corporatura e la mia altezza. Controllo sotto il cappello, il passamontagna e la maschera cercando un battito che non c'è. Scorgo la pelle pallida e una ciocca di capelli biondi. *Non sono io*, penso tra me e me, quasi dicendolo ad alta voce. Mi guardo intorno in cerca di una bicicletta, ed eccola lì, di lato. Non proprio uguale alla mia: tutte le nostre attrezzature sono vecchie e frutto di assemblaggi, nonostante siano tenute bene. Si tratta di un'altra candidata pilota stellare. Quale disavventura l'ha portata qui?

Sono congelata dalla paura e mi rendo subito conto che è anche per il freddo. Prendo la mia bici. Il manubrio è storto di un centimetro ma non ci si può fare niente. Per un attimo, sono indecisa: torno indietro o continuo il mio percorso di routine? Non riesco a sentire il piede sinistro e mi rendo conto che non ho più tempo per scegliere. Slancio la gamba in modo legnoso sopra la bici e pedalo in avanti, perché è l'unica direzione che ho conosciuto negli ultimi 216 giorni.

Procedo mantenendo una media di 22 miglia orarie nonostante e a causa del dolore crescente alle dita del piede sinistro, gli spilli acuminati dell'aria nei polmoni. Il ritmo richiesto per tornare in tempo alla torre è una facile equazione mentale, quasi riposante rispetto ai problemi di traiettoria interstellare che affronterò nelle tre ore dopo il mio ritorno e dopo una veloce colazione con porridge altamente proteico arricchito di complessi minerali. Sento una scarica di esaltazione, assorbe anche il dolore del corpo che si scalda e lavora. La mia mente è acuta, il mio autocontrollo è impareggiabile. Sono la speranza futura della mia generazione e supererò tutti gli ostacoli per pilotarli verso le stelle, persino...

Persino. Una scossa chimica mi attraversa. Ho avuto abbastanza formazione psicologica, 216 ore totali, ogni sera dopo la revisione delle abilità post-cena e prima dei miei 45 minuti di cura del corpo e 30 di lettura di un brano di narrativa prima di un sonno agevolato dai farmaci. So bene cos'ho fatto: la negazione è un metodo autorizzato per affrontare a breve termine un evento profondamente inquietante o dannoso, ma la mia è appena svanita. Respiro a fondo, come mi sono esercitata a fare molte volte, sentendo ogni movimento del respiro, rivolgendo la consapevolezza a ogni parte del mio corpo. Guardo in basso e vedo che sono scesa a 17 miglia orarie e riprendo il ritmo. Basandomi su dove mi trovo e al tempo di percorrenza, devo salire fino a 24 miglia orarie per riprendere il ritmo. Rivolgerò la mia attenzione alla strada davanti a me, schivando le rocce, facendone un gioco. Mi riprometto che ci penserò mentre mangio. Non dovrei: ho 12 minuti per mangiare il porridge e sono stata addestrata a praticare la consapevolezza per una migliore digestione. Ma c'è stata una rottura nell'ordine della mia giornata e ho bisogno di mettere a posto il cervello prima di poter stare ferma per tre ore, con una nitidezza perfetta e luminosa, per trovare una soluzione riguardo all'incontro con una cometa inaspettata. Ho già visto un sacco di gente morta. È sempre un trauma, ma non dura mai a lungo.

Sotto il livello della mia attenzione, concentrata in modo sapiente, il mio cervello sta ancora elaborando tutto: la caduta, il corpo, l'interruzione del protocollo. E ancora: un'altra torre, attraverso la pianura, isolata come la mia. Un'inserviente come Clara. Macchine fotografiche. Porridge. Matematica. Immagino il suo genio, la sua determinazione, corrispondenti ai miei, e la sua vita: quali difficoltà l'hanno portata a quest'esistenza isolata? Qualunque cosa fosse, non era certo codificata nella sua pelle, a questo i miei pensieri diventano più cinici. È un peccato, ma era una mia rivale. E lei non ha passato quello che ho passato io, nelle scuole e per le strade tra le macerie di questa nazione bianca. Solo i migliori tre fra decine di candidati piloteranno le navi della colonia verso le stelle. Lei non ce l'ha fatta. Ma io ci riuscirò.

Pedalo, scaldandomi, decisa. Ma ragionandoci freddamente so che non farò rapporto su ciò che ho visto. Può solo riflettersi in maniera negativa sulla mia valutazione psicologica.

Quando torno alla torre, Clara prende la bicicletta, la maschera e mi controlla i parametri vitali, accigliata. "La tua frequenza cardiaca è troppo elevata," dice, guardando appena di lato, verso il mio viso. Avevo sviluppato un piano accurato per incolpare una roccia, una momentanea disattenzione, il freddo estremo. E invece, nel caldo doloroso della rimessa d'ingresso tenuta appena sopra lo zero, scopro che sto singhiozzando. Aggrotta la fronte.

"Fa troppo freddo là fuori," dice. "Avrai bisogno di altri otto minuti per riscaldarti prima che sia sicuro tornare a temperatura ambiente." Sempre distogliendo lo sguardo, tiene la mia mano guantata nella sua in silenzio mentre piango.

Al chiuso, sotto il controllo delle telecamere che sono le mie compagne costanti, mastico con calma la il porridge e lascio che i nodi della mente inizino ad allentarsi. La mia pelle sembra carta delicata, gli occhi e la gola sono gonfi. Mentre piangevo nel capanno, con la pressione del guanto di Clara nel mio, tutto ciò a cui riuscivo a pensare era la mia bisnonna, l'avvocato dei diritti civili. Non l'ho mai incontrata, ma la casa dei miei genitori era piena di foto sue e tutto ciò che facevano i membri della mia famiglia era in suo nome o in suo onore. Mio fratello si è ribellato, o meglio non ha retto la pressione. Ho abbracciato l'eredità della mia bisnonna facendo il doppio della fatica. Sarei stata la prima, la migliore, la più completa, la salvatrice di me stessa, della mia famiglia e dell'umanità. Quando sono stata accettata nel programma di addestramento per piloti stellari, è stato come se tutte le generazioni prima di me mi avessero innalzata, innalzato la nostra famiglia, innalzato l'umanità.

La disumanità del programma di formazione ha il suo fascino. L'automazione, la disciplina, l'isolamento, la prospettiva di essere spinta in maniera fisica e mentale fino ai limiti di ciò di cui una persona è capace, tutto ciò ha alimentato qualcosa di profondo in me. Sono nata per questo, fatta per questo. La mia bisnonna era stata modellata per una gloria equivalente, ma in anticipo sui tempi. Adesso potrei viverla per lei.

Ma in realtà, penso ora, anche io sono umana. Spingere i limiti di quella capacità umana mi ha reso molto consapevole della mia fragilità, un animale morbido con una mente imperfetta e un cuore vulnerabile. Mentre ingoio il familiare porridge viscido, mi si ferma in gola e tossisco diverse volte prima che Clara mi porga un bicchiere d'acqua. Penso a Clara, che di solito si fonde con l'uniformità delle mie giornate, chiedendomi cosa la motiva. Penso all'altra candidata: cosa l'ha uccisa? Ha colpito una roccia, accecata dal freddo come me? È atterrata male, sbattendo la testa? Il suo organismo ha semplicemente smesso di funzionare a causa del freddo, dello sforzo e dei lunghi mesi di allenamento? È stato un aneurisma non diagnosticato o un difetto cardiaco?

Oppure è stato qualcuno a fermarla?

Do un altro morso, più imperturbabile di quanto non sia mai stata, una fredda calma dissociativa mi sommerge. I miei pensieri sono come sassi che cadono uno alla volta in un lago limpido. So che devo tirarmene fuori, quindi lo faccio, guardando un punto sul soffitto, poi il cucchiaio, poi lo poso e mi alzo, allungando le braccia sopra la testa per far scattare le spalle: noto che quella di sinistra è un po' rigida per la caduta. Clara porta via la ciotola e io sono al tempo stesso infastidita e confortata dalla sua improvvisa visibilità.

Mi alzo dal tavolo della colazione e salgo la scala fino alla mia stanza di lavoro, del tutto spoglia tranne che per l'ampia scrivania inclinata. Sono in ritardo di otto minuti sul programma. Davanti a me si estende una visuale della pianura deserta. Con diligenza, mi concentro sul blocco di approfondimenti sulla scrivania. Non si tratta dell'approfondimento sulle meteore che mi aspettavo, è invece un calcolo del decollo alternativo per una partenza all'inizio della primavera. Strano. Ma non c'è tempo per fare domande: c'è un'astronave da lanciare e ci sono pianeti da schivare! Anche oggi il computer è spento, quindi all'inizio devo eseguire a mano i miei calcoli. Prendo la prima della mia fila di matite appuntite, apro il librettoalla prima pagina e mi perdo nei numeri.

La mattina dopo, il corpo fa male e scopro che non voglio uscire in bicicletta: è una sensazione feroce, profonda. Ma lo faccio comunque, seguendo l'abitudine, la memoria muscolare e la pura determinazione. *È stato ieri, oggi è un altro giorno,* mi dico. Oggi non fa così freddo. Qualcosa però è cambiato nella mia mente e non mi sentirò a mio agio neanche dopo avere superato il punto c'era il corpo. Invece, sento i miei pensieri ronzare, gemere e ruggire, torcendosi in maniera costante su se stessi.

E se qualcuno l'avesse fermata?

Un pensiero assurdo, di chi si tratterebbe? E perché? Siamo tanto sorvegliati quanto isolati qui nelle pianure, ogni momento, ogni nostro movimento, vengono monitorati. Non c'è la possibilità di incontrare gli altri candidati, figurarsi un estraneo ostile. Se i nostri custodi volessero far fuori qualcuno di uno di noi, metterebbero semplicemente qualcosa di letale nella nostra dose notturna di sonno. Nessun dramma, nessun trambusto, nessun corpo sottosopra trovato per strada da altri candidati. *È caduta dalla bici e ha battuto la testa,* mi convinco che non se ne fossero ancora accorti o nonavessero reagito in tempo utile al suo mancato ritorno alla torre. Doveva trovarsi pressapoco nel punto più lontano del suo viaggio. *Non è solo una spiegazione del tutto logica, è anche l'unica.*

Mentre attraverso l'unico incrocio sulla mia rotta, di solito guardo senza motivo a destra e a sinistra per via del traffico trasversale che non arriverà mai. Ma poi, di nuovo, la mia mente continua, disobbediente, come se elaborasse un vettore di lancio alternativo: altre cause non sarebbero così inverosimili. Sappiamo che i russi, i coreani, i brasiliani hanno tutti la stessa tecnologia, le stesse navi, le stesse piattaforme di lancio nucleari che lasceranno un'area inabitabile delle dimensioni del Dakota dietro ogni nave, gli stessi sistemi di armamenti a bordo per i quali ho passato centinaia di ore durante le sessioni di simulazione pomeridiane, allo scopo di affinare la mia fluidità.

Mentre i campi scorrono veloci, così simili nella loro diversità, lascio vagare il pensiero sull'esercizio che hanno cambiato. Non era mai successo prima. Questi due eventi fuori dall'ordinario coincidono in un unico periodo di 24 ore, dopo due terzi di un anno della stessa identica routine, quindi è difficile resistere alla tentazione di collegarli. Forse c'è stata un'escalation politica? Un assassinio? Un colpo di avvertimento? Quindi partiamo in anticipo? Tutto plausibile, decido. Ma non posso saperlo con certezza. Dalla scorsa primavera sono nella mia torre, senza alcuna conoscenza del mondo esterno. Ho solo le informazioni che posso toccare, vedere, annusare e pensare.

Lascio la mente libera, interrompendo la sequenza di pensieri. La mia torre appare come un punto in lontananza che in maniera impercettibile diventa sempre più grande mentre pedalo. L'esercizio di ieri, i problemi di matematica delle ultime settimane iniziano tutti a rientrare in uno schema, qualcosa che non riesco proprio a cogliere, come il ricordo di un sapore. La strada si allunga davanti a me, ora la torre incombe, con la sua forma industriale netta, delineata contro il cielo. Non per niente il mio cervello è stato affinato per il riconoscimento di schemi e la precisione matematica. La soluzione mi viene nel momento in cui vedo per la prima volta la porta che conduce al capannone d'accesso: i nostri viaggi non devono essere tutti di sola andata.

Non l'avevo mai notata prima, perché è ovvio che non c'è scopo nel tornare su una Terra morente. La mia formazione non prevede alcuna possibilità di fare inversione a metà del nostro viaggio. Di certo non una volta che fossimo arrivati al pianeta paradisiaco dopo aver girato intorno ad Alpha Regulus e aver scaricato il nostro carico umano, una generazione nata sulla nave, pilotata dalla mia sostituta, che sarà scelta e addestrata tra i nati a bordo. La immagino pedalare sulla cyclette per un'ora ogni mattina, magari mentre guarda un video con lo stesso paesaggio che vedo io ora. È un viaggio di sola andata per le persone della nostra nazione e tutto questo addestramento serve per aiutarmi a pilotarli oltre tutti i pericoli e gli ostacoli.

Ma tutto il mio allenamento include un'altra possibilità: data una differenza di spinta, esiste anche una serie di archi impliciti verso il basso, che il mio cervello sta ora sintetizzando, individuando i potenziali punti di atterraggio o incidenti che prevedono. Nelle grandi città? Non ho memorizzato le coordinate: è del tutto possibile.

La scarica di adrenalina che mi colpisce di fronte a questo pensiero non svanisce e le mie capacità di coping non si attivano. Un sapore metallico mi intorpidisce la lingua, mentre i piedi e le mani sono colpiti da trafittureelettriche quando entrano in contatto con i pedali e con le manopole della bicicletta. Forse tutti noi piloti stellari che ci alleniamo nelle nostre torri potremmo essere vincitori, ma non del concorso che speravamo. La mia rivale è arrivata a questa conclusione prima della sua morte e ne ha pagato il prezzo? No, i nostri custodi non avrebbero posto fine alla sua vita in un modo così vistoso. Forse lei potrebbe aver fermato la sua stessa traiettoria, impedendo il proprio viaggio di ritorno? Potrei, dovrei fare lo stesso?

Oppure, penso, calmando il respiro, è del tutto probabile che i nostri rivali abbiano appreso della nostra strategia tramite lo spionaggio. Prima del mio addestramento, il telegiornale trasmetteva ogni pochi mesi notizie di spie che erano state uccise. Ho sempre accettano il rischio, sperando di giocare il mio piccolo ruolo sulla scena mondiale. Distruggerei le pianure per salvare i coloni di questa nazione, nessuno dei quali – non mi faccio illusioni – mi somiglierebbe nemmeno un po'. Io e la mia bisnonna ci eleviamo, abbiamo successo e guidiamo gli altri. Sono scesa a patti con questo. Ma distruggerei Manaus? Vladivostok? La maggior parte della penisola di Joseon?

Certo che lo farei, penso, un conato si fa sentire dentro di me. Non avrei scelta. Ho giurato, sono stata addestrata e potrei essere su una nave che sfreccia con una spinta insufficiente per raggiungere l'orbita, carica di esplosivo piuttosto che di carico umano.

Arrivo alla torre, Clara prende la mia bicicletta, mi sta aiutando a togliere il piumino. Non ho nessuna emozione, il mondo è così lontano intorno a me, vado avanti con la mia giornata strutturata e familiare, senza assorbire né ricordare nulla.

La mattina dopo mi sento molto meglio, grazie ai sonniferi quanto alle mie capacità psicologiche. Ho messo da parte tutti i miei pensieri vorticosi e sono determinata a sfruttare al massimo il mio allenamento, a sfruttare al meglio ogni momento che rimane della mia vita. Al piano di sotto, sorrido a Clara e rompo il protocollo con un saluto allegro. Lei distoglie lo sguardo, la fronte corrugata.

È allora che la vedo. È come se vedessi la sua faccia per la prima volta. E non solo il suo viso; il mondo intero cambia in quel momento. Clara non assomiglia per niente a me, alla pallida candidata morta, né alle migliaia di coloni di astronavi che sto addestrando per traghettarli in sicurezza su una costa lontana. Lei è una dei miliardi di persone fregate in entrambi i casi; polverizzate dal mio scoppio, o dal mio atterraggio, o anche solo private di aria respirabile dall'inesorabile processo di degrado climatico.

Il mio cuore batte forte. Questo è il motivo per cui non siamo autorizzati a interagire con i nostri assistenti. Come posso affrontare la mia giornata strutturata quando posso vedere l'umanità di qualcuno?

Per fortuna, tutto quello che mi resta da fare ora è salire in bicicletta. Desidero così tanto la fuga, il movimento, la possibilità di scrollarmi di dosso questa nuova inquietante visione e tornare alla mia esistenza ordinata, per quanto sembri così fuori portata.

Durante il giro in bicicletta, prima ancora che la mia coscienza registri il leggero movimento da dietro la piccola collinetta a sinistra della strada, il mio corpo reagisce, ma cado comunque a terra, piegandomi e rotolando, urlando come una sirena di sicurezza comunitaria. Tutto questo prima che il suono del fucile silenziato raccolga l'aspra imprecazione straniera.

Appiattita a terra, giro la testa per guardare in alto e vedo una figura scura in fuga.

Il mio respiro è affannoso. Lo faccio rallentare. Ora non riesco a pensare. Prendo la bicicletta e vado.

Quando arrivo al bivio, mi muovo come al solito. Ma, poi faccio qualcosa che non ho mai fatto prima, non in queste 218 corse: premo i freni.

Sono ferma, mentre il mondo continua a muoversi intorno a me. L'erba ondeggia nella brezza. Una mucca lontana muggisce.

Mi giro e pedalo piano fino al centro dell'incrocio, guardando a sinistra e poi a destra.

Altre traiettorie, altri futuri si prospettano nel mio cervello.

Non ho idea di dove possano portare queste strade, ma quella alla mia sinistra conduce lontano dall'assassino e dalla mia torre. Facendo un respiro profondo e utilizzando tutto l'allenamento che ho ricevuto, mi raddrizzo sul manubrio, spingo sul pedale e mi dirigo verso l'ignoto.

Le bestie di Bataranam

di Taru Luojola

traduzione di Chiara Rizzo

Taru Luojola, è un autorə e traduttorə, date le sue origini finlandesi usa il neutro per tuttə. Il suo primo romanzo velopunk, una satira politica ambientata nel paese fittizio di Bataranam, è stato pubblicato in Finlandia nel 2018. Beasts of Bataranam *è il suo racconto velopunk scritto in inglese.*

Peng Shian era di origini cinesi, ma non era natə in Cina. Nemmeno la madre di Peng ricordava da quante generazioni lɜ loro antenatɜ erano statɜ portatɜ a Bataranam, la colonia olandese nel Sud America dove erano natɜ. Peng non era molto diversə dallɜ altrɜ schiavɜ nella piantagione di zucchero. Lə suə amicə Kibu ricordava l'Africa, Jadine i Caraibi e Karmela pensava di provenire dall'India, ma avevano tuttɜ una pelle scura simile a quella di Peng. Tuttɜ parlavano la lingua dellɜ schiavɜ e cantavano le stesse canzoni di lavoro.

La madre di Peng, però, non voleva dimenticare il paese della sua famiglia. Di notte, quando Peng era assonnatə dopo tutto quel diserbare, raccogliere, trasportare e correre, la madre iniziava a raccontare della Cina, il grande paese in cui regnavano i draghi. Un giorno quelle enormi bestie simili a serpenti avrebbero portato fortuna e prosperità a Peng e a suə madre, creando un'inondazione tale da spazzare via lɜ schiavistɜ. Quando Peng lo aveva raccontato allɜ suɜ amichɜ, si erano quasi arrabbiatɜ.

"I draghi non sono serpenti d'acqua," aveva detto Jadine. "Sono mostri, che volano e sputano fuoco."

"E hanno diverse teste" intervenne Karmela.

"No, che non ce l'hanno!" sostenne Kibu. "E non puoi davvero vedere i draghi, a meno che tu non stia dormendo."

"Tu non sai niente di draghi," sbuffò Peng. Ma nei sogni di Peng tutte quelle storie si mescolavano. Li vedeva come bestie potenti e squamose che si levavano dal fiume per volare tutt'intorno, vomitando acqua da alcune teste e fuoco dalle altre, squarciando con artigli affilati chi cercava schiavizzare la loro gente. L'infanzia di Peng era terminata il giorno in cui Cornelis Brömmelspruit venne nella piantagione per sua sorella maggiore Gen. Lə maestrə biancə Brömmelspruit – o Römmel, come lə chiamavano lɜ schiavɜ quando non c'erano frustini a portata d'orecchio – possedeva la piantagione, Peng, Gen e la mamma. Non era la prima volta che veniva a prendere dellɜ giovani donne.

Peng aveva osservato mentre Cornelis Brömmelspruit si avvicinava su uno scheletrico cavallo di ferro, che non aveva gambe ma due ruote. Subito dopo di ləi altri due uomini erano arrivati su due cavalli di ferro che tiravano una gabbia di metallo. Gli uomini, smontando dai cavalli di ferro, avevano sfoderato i loro machete.

"Scappate, ragazzɜ!" sibilò la madre di Karmela. "Correte finché potete!"

Ma Peng non era scappatə. Era rimastə a guardare mentre Cornelis Brömmelspruit si pavoneggiava per il campo e scrutava lɜ ragazzɜ che venivano trascinatɜ verso di ləi dai suoi scagnozzi. Brömmelspruit si fermò vicino a Gen, sorrise e annuì, così gli uomini che cavalcavano i cavalli di ferro avevano afferrato Gen avviandosi verso la gabbia. Gen lottò. La madre gridò e si lanciò dietro di loro, ma lɜ schiavistɜ lə catturarono

Una frusta sferzò e il viso della madre esplose, all'improvviso c'era sangue dappertutto mentre la frusta continuava a sferzare. Altre donne piangevano e gridavano, nel tentativo di fermare il massacro. Il sole brillava sui machete fruscianti. Durante quel tumulto Gen era già statə rinchiusə nella gabbia.

Solo allora Peng era scappatə dal campo nella foresta, insieme a Karmela, Kibu e Jadine. Nessuno lз aveva seguitз, poiché alcunз stavano attaccando il resto dellз donne mentre Cornelis Brömmelspruit e il convoglio si stavano già dirigendo verso la strada con i loro cavalli di ferro.

Quando lз ragazzз si fermarono, la piantagione era già lontana. Intorno a loro la foresta riecheggiava di suoni e non si sentivano o vedevano altre persone. Presero fiato.

"Cosa facciamo adesso?" chiese Karmela.

"Dobbiamo tornare indietro?" suggerì Kibu.

"Dov'è mia madre?" domandò Jadine.

"Ci stanno inseguendo?" chiese Peng.

"Cosa succederà quando ci prenderanno?" domandò Karmela.

La domanda non necessitava risposta. Le fruste non avevano pietà. Lз ragazzз avevano già visto cosa succedeva allз schiavз che cercavano di scappare.

"Non ci prenderanno," disse Peng con fermezza, "Non torneremo indietro."

"Ma io voglio mia madre!" pianse Jadine.

"Jadine, lз nostrз madri potrebbero essere già mortз," fece notare Karmela.

Non importa quanto forte Jadine piangesse quel giorno, gli uomini di Cornelis Brömmelspruit non potevano sentirlə. Il suono degli uccelli e degli altri animali della foresta lз proteggevano. Da quel giorno impararono a vivere secondo le esigenze della foresta, come bambinз liberз la cui infanzia era appena finita.

Di notte, quando la foresta lз abbracciava, Peng Shian sognava la madre, la sorella e i draghi che si scatenavano nelle foreste di Bataranam.

Nessuno diceva più loro cosa fare, ma dovevano fare tutto da solɜ. La loro esistenza sarebbe stata molto più dura, senza la curiosità infinita e le mani abili di Kibu, che accendeva fuochi, tendeva trappole e creava strumenti. Karmela vedeva quando c'era un pericolo e talvolta finiva per litigare con Kibu e con Peng, che decideva sempre cosa avrebbero fatto e dove sarebbero andatɜ irritandosi per la timidezza di Karmela. Jadine era impegnatɜ a risolvere i litigi e comporre canzoni allegre delle loro avventure.

Passarono molte lune. Peng e il resto del gruppo camminavano per i boschi, raccogliendo frutta e catturando piccole lucertole da arrostire. Kibu aveva realizzato uno spruzzatore con un pezzo di paglia e un guscio di noce. Quando vi soffiavano dentro, l'acqua veniva aspirata dal guscio di noce e una densa nebbia si diffondeva nell'aria, così la luce del sole brillava in maniera meravigliosa sulle goccioline. Jadine rise e ballò nella nebbia creata da Kibu.

D'un tratto Peng sentì delle voci umane e uno sferragliare. Fece cenno di tacere al resto della compagnia. Si scambiarono un'occhiata e si avvicinarono furtivamente alle voci. Si ritrovarono vicinɜ alla strada. Cornelis Brömmelspruit e i suoi uomini stavano di nuovo guidando i loro cavalli di ferro. La gabbia era vuota. Tuttɜ loro sapevano cosa voleva dire.

"Aspettiamo qui finché non tornano," sussurrò Peng.

"E poi che faremo?" chiese Karmela.

"Non lo so ancora," disse Peng, "Ma faremo qualcosa, questo è certo."

"Cosa sono quei cavalli di ferro?" chiese Kibu, con gli occhi che brillavano.

"Lɜ schiavistɜ le chiamano biciclette," disse Karmela.

"Biciclette?" chiese Jadine.

Karmela scrollò le spalle. "Immagino che significhi cavallo di ferro nella lingua dellɜ bianchɜ."

Il tempo scorreva, mentre gli uccelli cantavano e gli insetti ronzavano. Intanto che mangiavano frutta, Kibu giocava con lo spruzzatore e Peng ascoltava in allerta. Infine, le biciclette erano tornate a sferragliare. Lɜ ragazzɜ si nascosero e attraverso il fogliame sbirciarono la strada.

Cornelis Brömmelspruit era davanti e, dietro di lǝi, rotolava la gabbia, con alcunɜ ragazzɜ all'interno. Peng ne riconobbe unǝ, Varia. Avevano giocato e lavorato assieme per anni.

Di colpo capì, e fu un duro colpo. Se non fossero scappatɜ quel giorno, avrebbero potuto essere loro in quella gabbia.

"Dove lɜ stanno portando?" chiese Karmela.

"Seguiamolɜ e scopriamolo," disse Peng, senza attendere obiezioni. Sgattaiolò sulla strada e corse dietro alle bici. Presto lɜ altre lǝ si accodarono e, a distanza di sicurezza, seguirono le biciclette.

La strada lɜ portò verso la grande città di Duivelpoort, dove le case erano così vicine tra loro che non era possibile vedere oltre. I camini si alzavano al cielo e soffiavano l'aria nera di fumo. Si sentiva ogni tipo di trapestio e rumore. C'era un gran trambusto di animali domestici e persone e in moltɜ usavano quelle biciclette. La strada curvava verso il fiume Batara e si tuffava tra le case.

Lɜ ragazzɜ strisciarono nell'ombra e si infilarono sotto un portico, da dove osservarono Cornelis Brömmelspruit e la gabbia fermɜ vicino a un edificio a due piani. La gabbia venne aperta e unǝ dopo l'altrǝ lɜ giovani schiavɜ furono portatɜ dentro la casa. Brömmelspruit entrò per ultimǝ. Gli uomini che avevano trasportato la gabbia uscirono e rimasero in piedi, di guardia.

"Cos'è quella casa?" chiese Peng.

Nessunǝ di loro lo sapeva.

Brömmelspruit rimase a lungo all'interno. Ogni tanto

un uomo entrava dalla porta. Dopo un po' gli stessi uomini uscivano, solo Brömmelspruit rimaneva dentro. Peng era nervosa, i suoni e il trambusto della città erano così diversi dalla foresta. Da una grande officina accanto alla casa di Brömmelspruit proveniva un rumore assordante, una macchina pompava un enorme mantice che soffiava aria su del ferro rovente. Attraverso una finestra aperta, Kibu osservava la macchina con timore reverenziale e si sarebbe avvicinatə per guardare se Karmela non l'avesse fermatə.

"Perché continuiamo a guardare *quella* casa? L'officina è molto più interessante," borbottò Kibu.

"Voglio sapere cosa sta facendo Römmel alle nostre sorelle," rispose Peng.

"Ho un presentimento," disse Karmela. "In quella casa stanno fottendo."

"Fanno che cosa?" Chiese Jadine.

"Gli uomini spingono il loro arnese dentro una donna," disse Karmela e indicò il suo stesso inguine.

"Sembra terribile!" Jadine quasi pianse ad alta voce.

"Dicono che fa male," continuò Karmela.

"E le nostre sorelle sono state portate lì," Peng strinse il pugno. "Quegli uomini stanno facendo loro del male."

In quel momento Peng sapeva che dovevano vendicarsi di Cornelis Brömmelspruit e farlə del male. Nessunə poteva far del male alle loro sorelle della piantagione e passarla liscia. Se solo fossero arrivati i draghi per bruciare Brömmelspruit e tutti gli altri uomini cattivi. Ma i draghi vivevano da qualche altra parte, lontano da lì. Lì a Duivelpoort, c'erano solo officine e macchine che sputavano fuoco.

Era già scuro quando Brömmelspruit infine uscì, arruffatə e spregiudicatə.

"Questa volta lə ragazzə sono bravə," Peng lə sentì dire ai suoi uomini.

Gli uomini se ne andarono. Peng diede un colpetto allɜ suɜ amichɜ addormentatɜ e si arrampicò da sotto il portico.

"Cosa facciamo adesso?" chiese Kibu.

"Vediamo dove vanno," rispose Peng.

"Perché? Cosa potresti fare?" domandò Karmela.

"Non lo so ancora. Mi inventerò qualcosa," rispose Peng, già precipitandosi all'angolo successivo. Sentì dietro di lɜi lɜ altrɜ sospirare, ma lɜ seguirono lo stesso, come facevano sempre.

Nella parte più interna della città le case erano ancora più grandi e più vicine tra loro. Alcune strade erano pavimentate con pietre lisce. Persone chiassose camminavano qua e là, alcune con carichi, altre con abiti appariscenti. Peng non aveva mai visto così tante persone pallide. Dovevano stare molto attentɜ per evitare le guardie cittadine. Le loro lame sembravano machete e Peng sapeva benissimo che una lama lunga poteva fare più danni di una frusta.

L'inseguimento lɜ aveva portatɜ a una grande casa, dove Cornelis Brömmelspruit era entratɜ, lasciando i suoi uomini e le biciclette sulla strada. Uno degli uomini, rimorchiando la gabbia di ferro attraverso un cancello, era scomparso. L'altro spinse il mezzo di Brömmelspruit nel cortile e urlò nel buio. Unɜ ragazzɜ più giovane di Peng accorse.

"Lavala," disse l'uomo, spingendo la bici verso lɜ ragazzɜ.

Lɜ ragazzɜ spostò la bici nel buio e Peng si avvicinò di soppiatto al cancello per dare un'occhiata. In fondo al cortile c'era una stalla con una lanterna appesa al muro. Lɜ ragazzɜ lasciò la bici sotto la lanterna e corse nell'oscurità.

Peng osservava e ascoltava attenta. Gli uomini erano via, lɜ ragazzɜ era solɜ dall'altra parte del cortile, a prendere dell'acqua, a giudicare dal rumore degli schizzi, e il cancello era rimasto aperto. Era il momento giusto. Peng si precipitò dentro, afferrò la bicicletta per le corna e tornò in fretta verso il cancello. Solo quando fu di nuovo in strada, e dietro l'angolo, l'urlo dellə ragazzə raggiunse Peng.

"Che cosa hai fatto?" chiese Karmela sconvoltə.

"Römmel non ne ha più bisogno," ridacchiò Peng e corse verso la periferia della città.

"Ma ora lə ragazzə sarà punitə!" Scattò Karmela.

"Quel rumore... sembrava una frusta," strepitò Jadine.

"Prenderanno anche noi," disse Kibu.

"Stai zittə e corri," disse Peng senza guardare indietro.

"Lə ragazzə morirà a causa tua," disse Karmela.

"Stai zittə ho detto!" Peng abbaiò. "Se ci vedono, uccideranno anche noi. E non vuoi morire, giusto?"

Nessunə di loro voleva morire. Senza parlare, corsero fuori città con la bicicletta di Cornelis Brömmelspruit, fino alla foresta dove i suoi uomini e le guardie cittadine non avrebbero potuto trovarlɜ nella notte.

Cavalcare una bici era più difficile di quanto sembrava. Peng ricordava bene come facevano gli uomini: per prima cosa si deve stare con un piede per ogni lato del corpo e le mani sulle corna, poi si alza un piede su un pedale e bisogna premerlo verso il basso. La bici inizia a muoversi, e l'altro piede si solleva da terra. Ma a differenza degli uomini, che scattavano in avanti, a quel punto Peng cadeva. Ogni volta.

Se avesse potuto esercitarsi su una strada sarebbe stato più facile, ma non era una buona idea andare su una strada in quel momento. Lɜ schiavistɜ lɜ stavano cercando dappertutto, Peng ne era sicurə. Quindi poteva solo esercitarsi a cavalcare nel profondo della foresta, schivando rami e radici. Karmela lə fissava.

"Che cosa ci hai guadagnato rubando quella bici?" chiese Karmela. "Hai fatto una cretinata, siamo più in pericolo di prima."

"Beh, almeno Römmel non può andare a prendere altrɜ ragazzɜ adesso," disse Peng.

"Quanto sei stupidə?" strepitò Karmela. "Scommetto che Römmel ha altre biciclette! Potrebbe essere già tornatə al campo per frustare lɜ altrɜ, per colpa tua."

"Non mi pare di averlə detto di frustare nessunə!" abbaiò Peng, gettando la bici a terra. Strinse i pugni e si avviò verso Karmela. "Se non ti piace la libertà, puoi sempre tornare nel campo."

Karmela sbuffò ma non rispose.

"Un giorno ti assicuro che Römmel sentirà il dolore di tutte quelle frustate sulla sua pelle," mormorò Peng.

"E come pensi di farlo?" chiese Karmela.

Peng sbuffò e si diresse verso il punto in cui Kibu e Jadine stavano giocando. Kibu aveva realizzato un nuovo spruzzatore e vaporizzava una leggera nebbia su Jadine. Jadine rideva e scappava via.

"Soffio, sbuffo e ti brucio con il mio veleno!" Kibu ruggì e sorrise.

Jadine urlò e saltellò.

"Non potresti bruciarmi, neanche se sputassi fuoco!" lə derise.

"Ahah! Allora forse dovrei prendere uno di quei grossi mantici dalla città e sputare fuoco. Poi vediamo se riesci a scappare!" Kibu rise.

Certo! Perché non ci aveva pensato? Poteva prendere quei mantici e trasformarsi in un drago. Ləi, Peng Shian, lə vendicatorə della giungla di Bataranam, sarebbe arrivatə con la bici per bruciare tuttɜ quellɜ schiavistɜ fustigatorɜ.

Peng si voltò e tornò da Karmela. "So come farlo e tu mi aiuterai."

Karmela ascoltò i piani di Peng.

"Non puoi essere seriə," sputò fuori.

"Stavamo solo scherzando," disse Kibu. "Non c'è modo di rubare quei mantici così grossi."

"Allora ne troveremo di più piccoli," disse Peng.

Karmela sospirò con rabbia e si allontanò. Kibu scrollò le spalle.

"Scommetto che potremmo trovarli in una fattoria. Gli uomini nella piantagione avevano qualcosa di simile, ti ricordi?" chiese Kibu.

Peng sorrise. "Andiamo a vedere."

Sebbene fosse pericoloso nella piantagione, e ancora più pericoloso a Duivelpoort, una per una riuscirono a rubare tutte le cose di cui avevano bisogno. Alcuni mantici da un'officina, una lampada a olio fuori da una stalla, rum fatto in casa e il resto dalla foresta. Una volta erano statɜ quasi catturatɜ, ma la notte e la foresta proteggono sempre le anime libere.

Kibu iniziò a costruire il drago di Peng. Sembrava tutto così semplice, ma scoprirono che non bastava soltanto mettere insieme i pezzi e aspettarsi che funzionasse. Kibu sospirava e lanciava in giro i pezzi, frustratə, dopo un po' ci riprovava e presto si arrendeva di nuovo.

"È troppo difficile!" disse Kibu. "Questa barra è sempre nel posto sbagliato. E questo, questo non resta attaccato. Guarda che disastro!"

"Ce la farai," la incoraggiò Peng. "Ce la fai sempre."

"Non questa volta," disse Kibu. "Come potrebbe mai funzionare?"

Peng scosse la testa. L'idea era sua, ma ləi non sapeva come costruire le cose come riusciva a fare Kibu. Inoltre, ləi aveva già le sue difficoltà.

"Dammi la bici per un po'. Devo imparare a cavalcare."

Kibu sollevò il mantice dalla bici e si diresse verso il torrente, riflettendo intensamente. Peng portò la bicicletta fino a un sentiero creato dai tapiri. Si esercitava ed esercitava, ma finiva per cadere tutte le volte. Stupido affare! Chi diavolo si era inventato un oggetto così stupido? Kibu avrebbe potuto creare qualcosa di molto più sensato, questo era certo. Ma Peng aveva deciso di diventare un drago e vendicarsi di Cornelis Brömmelspruit e nulla glielo avrebbe impedito. E se quegli uomini potevano guidare la bici, anche Peng avrebbe imparato a farlo.

Ancora una volta sollevò la bici, e si mise a cavalcioni. Spinse il pedale verso il basso e scalciò con l'altro piede. La bici ondeggiava come sempre, ma Peng tese le braccia e strinse le corna traballanti. La bici mantenne la velocità e non si ribaltò. Peng sollevò l'altro piede sul pedale, spostò il peso su di esso e spinse verso il basso. Il mezzo acquistò velocità, ondeggiando sempre meno. Peng spostò di nuovo il peso sull'altro piede e premette. La bici avanzò lungo il sentiero. Era rimasta in piedi, senza cadere! Peng esplose in una risata: riusciva a cavalcare!

Sebbene l'aria fosse calma, il vento lə sfiorava il viso ed era sicurə che stava volando. Volò lungo il sentiero, svoltando in una curva e allontanandosi dallɜ suɜ amichɜ. Quando si rese conto di essersi allontanatə troppo, si voltò con riluttanza e tornò indietro.

C'era ancora un'altra cosa da fare. Un drago non è un drago se non gli assomiglia. Peng cercò di ricordare le storie raccontate dalla madre, tutti quei draghi colorati e scintillanti, le squame e le piume, le zanne affilate e le code di fiamma. Con Jadine, raccolse fiori, piume e pelli di lucertola nella foresta per creare la maschera, le ali e la coda del drago. Il giorno successivo Kibu continuò a lavorare sulla bici e alla fine riuscì a realizzare ciò che Peng aveva sognato.

La bici non sembrava più una bici, ma una bestia feroce che poteva sputare fuoco. Le favole della loro infanzia avevano preso vita.

"Eccolə di nuovo!" gridò Jadine e corse da Peng. "Römmel e la gabbia si stanno dirigendo verso la piantagione. L'ho appena vistə per strada."

Molte lune erano passate da quando Peng aveva rubato la bicicletta di Cornelis Brömmelspruit e adesso era il momento di agire. Si alzò, affrettandosi.

Peng controllò ancora una volta che la bici funzionasse come dovuto. Kibu era così orgogliosə quando aveva mostrato loro il funzionamento. I soffietti sul portapacchi anteriore erano collegati alla pedivella con un bastoncino di legno. Quando si pedalava, i soffietti pompavano aria: di fronte ai soffietti c'era una bottiglia di rum sigillata con lo spruzzatore di Kibu. Il soffietto quindi spruzzava rum su una lampada ad olio che incendiava i vapori. La loro bici sputava davvero fuoco.

Peng spense la lampada e mise un tappo sulla bottiglia di rum in modo da non bruciare tutto il rum nei boschi. Trascinarono la bici, la maschera e le ali del drago vicino alla strada e si incamminarono verso la città. Appena fuori dal centro abitato, si nascosero nei boschi dove potevano osservare il bordello di Cornelis Brömmelspruit. Poi aspettarono.

"Che cosa hai intenzione di fare?" chiese Karmela.

"Aspetterò qui finché Römmel non sarà entratə in casa. Quando uscirà, il drago volerà su di ləi e lə brucerà," disse Peng.

"Dopodiché?"

Quellə stupidə di Karmela con le sue domande inopportune, pensò Peng. Che importanza aveva cosa sarebbe successo dopo! Anche se, a dirla tutta, Peng non aveva ancora avuto il coraggio di pensarci.

"Poi il drago volerà via," si strinse nelle spalle.

"Noi cosa facciamo?" chiese Jadine.

"Voi restate qui a guardare Römmel bruciare," rispose Peng.

"Ma l'abbiamo costruito insieme," disse Kibu e accarezzò le corna della bici. "così attaccheremo insieme."

"No" disse Peng asprə. "È solo una. Basto io. E non sai nemmeno cavalcare."

"Ti voglio aiutare," disse Kibu, ma Peng poté vedere come le sue parole l'avevano feritə.

"No, tu stai qui. Se corri laggiù senza bici, verrai beccatə. Resta qui, torna di corsa nella foresta e vivi liberə," rispose Peng. "Il drago tornerà da te."

"E le nostre sorelle in quella casa?" chiese Karmela. "Lə libererai?"

"Credo proprio di sì," disse Peng. Ancora una volta Karmela faceva le domande sbagliate. "Se Römmel non ci sarà più, saranno liberə, no?"

Karmela era pronta a ribattere, ma Jadine sibilò loro di tacere. Cornelis Brömmelspruit e il convoglio si stavano avvicinando. C'erano ragazzə nella gabbia, ragazzə che Peng conosceva dal campo, anche più giovani di loro. Peng e la banda guardò mentre la gabbia si fermava vicino al bordello e lə ragazzə venivano costrettə a entrare. Cornelis Brömmelspruit entrò dietro di loro.

La rabbia crebbe dentro Peng. Quella sarebbe stata l'ultima volta che Brömmelspruit si pavoneggiava. Peng preparò la bici, indossando la maschera e le ali da drago. Il tempo scorreva lentamente, la luce svaniva. Solo il caldo bagliore dell'officina resisteva al crepuscolo. I martelli nell'officina battevano forte come il cuore di Peng. Qual era il momento giusto per accendere la lampada? Qual era il momento giusto per spingere la bici in strada? E se non avesse funzionato? La casa era piena di uomini malvagi, e se fosse statə catturatə da Brömmelspruit? O uccisə! Le mani sudate e tremanti di Peng strinsero le corna della bici.

Gli uomini a guardia delle bici cominciarono a muoversi.

Ora, pensò Peng. Fece un cenno a Kibu e ləi accese il fuoco nella lampada. L'odore acre dell'olio per lampade riempì l'aria. Per l'ultima volta, Peng guardò negli occhi tuttɜ lɜ suɜ amichɜ. Jadine quasi pianse. Kibu lə guardò incoraggiante. Karmela era ancora più seriə del solito; sapevano che Peng non sarebbe volatə di nuovo da loro.

La porta si aprì e Brömmelspruit avanzò nel portico. Peng spinse il pedale. Il mantice si richiuse e un'enorme fiamma esplose nell'aria. Le ragazze saltarono via intanto che la bici, circondata dalle fiamme, sfrecciava in strada. Peng pedalò, mentre il mantice pompava e le fiamme esplodevano. Guadagnando velocità, le fiamme si facevano più alte e il fumo caldo si riversava negli occhi di Peng.

Gli uomini trasalirono al crepitio e iniziarono a indicare le fiamme. Mentre la distanza dalla casa si accorciava, gli uomini si bloccarono fissando il drago. Persino l'espressione compiaciuta di Brömmelspruit si era dissolta per la sorpresa. Peng gridò e il suo grido acquistò forza e ritmo man mano che pedalava.

Solo quando Peng stava arrivando loro addosso,, gli uomini pensarono di saltare da parte. Ma Brömmelspruit era troppo lentə nei movimenti e non pensò di scappare dal portico. Invece, si girò, aprì la porta e corse dentro. Peng pedalò verso Brömmelspruit e lə inseguì nel portico e dentro, oltre la porta. La gente urlava di terrore nel vedere il drago sputafuoco volare dentro. Peng non rallentò, ma anzi andrò drittə contro lə proprietariə di schiavi. Le fiamme lambirono avide la schiena di Brömmelspruit incendiandone la camicia. Brömmelspruit si guardò spalle e inciampò sui suoi piedi.

Ma Peng non si guardava. Andava così veloce da essere pericolosə e non aveva intenzione di frenare. La bici sfrecciò dall'ingresso fino a un lungo corridoio. Qualcunə stava uscendo da una porta proprio in quel momento. Quando vide avvicinarsi le fiamme, si voltò e corse verso la fine del corridoio. Lì qualcunə aprì una porta e saltò fuori. Peng lə seguì e si ritrovò in un cortile. Solo in quel momento guardò indietro, mentre la bici continuava la sua corsa. Dall'interno usciva fumo, mentre le fiamme si diffondevano nella casa.

Che cosa aveva fatto? Gen era ancora in casa? Quantə altrə schiavə erano rinchiusə all'interno? Ce l'avrebbero fatta a scappare? Era davvero riuscitə a vendicarsi di Cornelis Brömmelspruit? Ləi un drago!

Un campanello d'allarme iniziò a suonare e Peng, distoltə dai suoi pensieri, guardò avanti. Passò attraverso un angusto cancello dal cortile si trovò in un vicolo. Andava troppo veloce per poter scegliere una direzione, quindi si limitò a rimanere in sella. Il vicolo si addentrava nella città. Sempre più sirene di allarme iniziarono a suonare mentre la gente correva e urlava. Peng non avrebbe avuto alcuna possibilità di scappare verso la foresta e, se si fosse fermatə, sarebbe statə catturatə. Poteva solo andare avanti, oltre le case e i cortili, oltre le bici e le facce sorprese.

Il vicolo finiva in una strada e le guardie, che si trovavano lì, lə individuarono; brandendo le lame si precipitarono verso di ləi, gridando mentre correvano. Qualcuno fischiò. Peng pedalò più forte. Sempre più guardie si avvicinavano. Le lame tagliavano l'aria, e nel frattempo alcune guardie si stavano armando dei loro bastoni di fuoco. La bici di Peng sfrecciò in un vicolo, ləi pedalava senza sapere dove si trovava. A una curva della strada ne seguì un'altra, che portava a un'altra ancora. La bici urtava e spaventava le persone, che saltavano via dal drago sputafuoco. Altre guardie si precipitavano da sinistra e da destra. Le fiamme bruciavano sempre più calde e il fuoco lambiva la maschera di Peng, bruciando le piume e la pelle di lucertola, così come la sua faccia e i capelli.

Peng era in fiamme!

Dietro la maschera riusciva a stento a vedere qualcosa e davanti a lǝi sembrava non esserci altro che oscurità. Il dolore era opprimente, ma Peng continuava a pedalare. Lì, pensò, sono più al sicuro al buio! La bici sferragliò sul marciapiede e balzò su una piattaforma di legno.

Peng pedalò su per la breve rampa di legno e in un attimo le ruote si sollevarono. Peng volò, stava davvero volando! Era un drago, un vero drago con ali fiammeggianti che volava nell'aria con la bici e svaniva nella notte buia!

Dopo che Peng con la bici precipitò nel fiume Batara, il porto piombò di nuovo nell'oscurità. Le guardie che lǝ davano la caccia corsero al molo, cercando di illuminare il fiume, ma non c'era altro da vedere se non piume semi bruciate e pelle di lucertola strappata. Tutto il resto era stato inghiottito dall'oscurità.

Allo spuntare dell'alba, la ricerca continuò. Sebbene le guardie avessero perquisito le sponde del fiume fino all'oceano, il corpo di Peng non fu mai ritrovato.

Lǝ veneratǝ proprietariǝ della piantagione, Cornelis Brömmelspruit era mortǝ e il suo bordello distrutto. Anche quattro dellǝ clienti del bordello erano mortǝ nell'incendio e quindici schiavǝ andarono perdutǝ. L'accaduto fu classificato come una rivolta di schiavǝ in fuga, ma poiché lǝ responsabili non erano statǝ catturatǝ, furono punitǝ altrǝ schiavǝ. Tuttavia, lǝ schiavǝ di Bataranam erano consapevoli che il drago non era morto. Aveva solo cambiato la pelle, come succede ai draghi, di tanto in tanto. Karmela raccontò a tuttǝ le atrocità accadute nel bordello di Cornelis Brömmelspruit. Kibu mostrò come chiunque potesse sputare fuoco. Jadine ballò e cantò degli eventi di quella notte emozionante. Il racconto si diffuse dovunque.

Giorno dopo giorno, il vero drago, lo spirito libero delle schiavз, continuava a crescere. Viveva nelle giungle e nelle piantagioni intorno al fiume Batara, imparava nuove abilità e acquisiva forza. Un giorno si sarebbe rialzato sulle sue ali e, ancora una volta, avrebbe punito lз schiavistз di Bataranam con il suo fuoco.

LA VIVERNA

di Phil Cowhig

traduzione di Chiara Rizzo

Phil Cowig è appassionato di scienza e fantascienza da tutta la vita. Vive nel Regno Unito con la sua famiglia, scaffali di libri, molti DVD e un po' troppe biciclette. Questa è la sua prima opera di narrativa in circa 30 anni.

Per prima cosa trovò una grossa copertina rigida rilegata in tela, impolverata e vecchia di decenni, nel negozio di beneficenza locale. Il titolo era impresso in oro sul dorso, i risguardi marmorizzati in vortici psichedelici di verde e rosso.

Poi uscì in bicicletta, a tarda notte, per scavare nei bidoni di Tooms. Pedalò lentamente oltre il suo magazzino e guardò nel front office. Tooms era ancora sveglio, accasciato come un sacco di riso sulla sua poltrona girevole malconcia, la faccia rugosa che sussultava e si contorceva per le sue operazioni online. Poteva entrare e uscire prima che lui alzasse gli occhi dallo schermo.

Sul retro, assicurò la bici con un anello di cavo d'acciaio attorno al palo della recinzione in cemento marcito. Lanciando un'occhiata da una parte all'altra, si strinse il cappuccio intorno alla testa e conficcò le scarpe nei rombi della rete metallica. Pochi secondi dopo era dall'altra parte, sulla ghiaia consunta del cortile e correva verso l'angolo cieco della telecamera contro il muro. Le unità di sorveglianza erano obsolete, ovviamente, ciascuna delle dimensioni di un pompelmo e incrostata di polvere di città e merda di uccelli, e lei sapeva dove si trovavano tutte. L'ultima volta che Tooms aveva aggiornato la sicurezza era stato mezzo decennio prima e guardava poco i feed.

Nel magazzino, dietro cumuli di rottami metallici contorti, c'erano diverse tonnellate di vecchia tecnologia. Scaffali di laptop dell'inizio del secolo. File di schermi LCD obsoleti. Scatole piene di iPod e cellulari distrutti. Pile di console da gioco inutilizzate. Server commerciali superflui. Quasi tutta quella spazzatura aveva valore per qualcuno. Tooms aveva recuperato, accumulato e inviato con regolarità un carico di container. Le fabbriche dell'Asia occidentale ne avrebbero poi ricavato i chip di memoria. Grazie al lavoro dei bambini in una città costiera dell'Africa sarebbero stati estratti oro e minerali dai circuiti stampati.

Il freddo chiaro di luna e il debole bagliore della città di Londra filtravano dalle alte finestre del magazzino. Trovò ciò di cui aveva bisogno all'interno di un sudicio cassonetto, con i lati macchiati di ruggine e strati adesivi di avvertimento. Sotto un telone blu opaco, c'era un guazzabuglio di PC scartati così vecchi e ingombranti che i costi di spedizione rendevano il riciclaggio a malapena economico.

Estraendo una torcia e un multiutensile, aprì l'unità più vicina e cannibalizzò un'unità floppy da 3½ pollici, prendendone altri due come scorta. Gli involucri di plastica erano umidi sotto le sue dita, il metallo dei drive era freddo e granuloso di polvere. Avvolse i componenti in un sottile involucro di schiuma e li infilò nello zaino.

Mentre tornava alla staccionata, indossò gli occhiali da sole, un paio di grandi dimensioni che le coprivano gli zigomi, e si voltò verso le telecamere: fece un cenno con la mano e un finto inchino di gratitudine a Tooms, che non stava guardando.

La mattina dopo, nel suo seminterrato, si sedette al suo minuscolo tavolo da cucina con la pila di drive recuperati, e, a lato, un vassoio con un bricco di tè e una tazza di porcellana blu sbiadita. Staccò il sigillo da una nuova confezione di salviettine umidificate e si mise al lavoro su un drive, pulendo le superfici, i bordi e i cavi, controllando la presenza di difetti. Le salviette erano fin troppo sature dell'odore chimico di limone e presto non riuscì più a sentire il gusto del tè. Lo lasciò raffreddare mentre spostava con attenzione polvere e sporco dai bordi e dalle fessure di ogni unità, controllando i cavi e i connettori. Il suo lavoro le aveva insegnato a essere meticolosa: l'affidabilità dell'hardware era tutto.

Quando ebbe finito, li posò in un nido di bustine di gel di silice e pluriball sotto la scrivania e andò al lavoro.

Percorse con cautela la Seven Sisters Road verso Holloway, contro il flusso del traffico scorrevole. Le insegne dei negozi erano illuminate: Frutta e verdura fresca. Panetteria. Macellaio. Kebab. Hamburger. Alimenti halal. Caffè Internazionale. Colazione servita tutto il giorno.

Passò davanti al negozio di accessori di Adeel, con il suo cartello elettroluminescente lampeggiante: "Stampa 3D di qualità". In realtà, le stampanti erano piccole, a bassa risoluzione e Adeel utilizzava solo materie termoplastiche e ceramiche economiche. Ma era creativo, bravo nell'imaging e non si preoccupava del copyright. Quindi gli aveva procurato un sacco di affari.

Svoltò a sinistra e pedalò verso sud, deviando lungo strade laterali ai margini dell'ancora benestante Islington. Meno di un miglio dopo stava pedalando attraverso piazze alberate di alte case bianche abitate da avvocati e operatori finanziari. Alcuni dei suoi clienti vivevano lì. Ma quel giorno i suoi ritiri e consegne erano tutti in città: camere d'albergo nel West End e suite per uffici cautamente anonimi nella City. Continuò a pedalare riflettendo su Peters e il lavoro della Viverna.

"Sono Peters," le aveva detto la prima volta che si erano incontrati, in un bar fin troppo alla moda distante più di tre miglia dal suo appartamento. La procedura con i nuovi clienti era sempre la stessa: un posto nuovo, affollato e lontano da dove viveva.

Il caffè era in un pub convertito, con un esterno piastrellato di verde e la scritta 'Meux's Original London Stout scolpita in caratteri Art Nouveau sopra le antiche porte screpolate. I contenitori di ottone mostravano una dozzina di varietà di chicchi di caffè. Le vetrine contenevano dolci dell'Europa orientale e baklava mediterranei. Nella parte posteriore c'era una serie di macine, torchi, boccette e boiler che ricordavano un laboratorio industriale.

Peters le aveva mandato un messaggio su uno dei suoi cellulari usa e getta tre giorni prima. I numeri avrebbero dovuto essere confidenziali e se ne liberava ogni pochi mesi. Alcuni dei suoi clienti più ingenui però li diffondevano ancora: amavano gli intrighi.

Lo osservò mentre posava una piccola tazza di vetro colma di caffè scuro sul ripiano del tavolo smaltato, seguita da una custodia in pelle traforata. Era sulla ventina, vestito come uno studente con i soldi. La camicia che indossava riportava, elegantemente stampato, un logo coreano alla moda. Portava jeans dal taglio sartoriale, dell'esatta tonalità del dollaro americano e belle scarpe. I suoi auricolari erano di un blu intenso, come la porcellana antica. Di tanto in tanto i suoi occhi guizzavano a sinistra, un leggero calo di concentrazione quando nuove informazioni venivano dirette al condotto uditivo.

"Hai delle abilità specifiche che ci interessano," disse aprendo il suo smartphone come un menu da cocktail.

Dallo schermo si levò una mappa di poligoni ben renderizzati: era la City di Londra. I punti di riferimento brillavano, mentre i bordi erano ben definiti con la grafica vettoriale.

"Questa strada" disse, indicando il paesaggio urbano.

"St. Mary Axe," disse. "Lo so."

"E questo edificio, qui."

Un blocco era stato evidenziato con linee bianche luminose e ombreggiato in grigio. Sopra di esso apparve un'etichetta in sans-serif: 'Viverna'.

"Vorremmo che tu costruissi qualcosa per noi e poi facessi alcune consegne," disse e iniziò a spiegare.

Quando ebbe finito, lei chiese il doppio della sua tariffa abituale. Non le aveva detto tutto, di questo era sicura. Ma non sembrava un lavoro duro e lui aveva di certo i soldi.

Acconsentì senza esitazione.

"Non comprare niente di nuovo, online o in un normale negozio" disse. "E abbiamo bisogno che tu sia pronta in una settimana.

Una volta i soldi erano solo soldi. Poi i soldi sono diventati dati. E poi i dati sono diventati soldi.

Non lo aveva sempre saputo. Quando per la prima volta era arrivata a Londra, non riusciva a vedere il libero flusso di denaro e dati che era la linfa vitale della città. La sua educazione era stata limitata, disconnessa. Aveva poca libertà, niente soldi e quasi nessun dato personale. Era un nodo vuoto e distaccato nel network della città.

Lasciare il suo paese le era sembrata una via di fuga. Non tanto per i soldi rubati che aveva in tasca, ma per la consapevolezza, conquistata a fatica, e sempre negata in maniera implicita da tutti coloro che la circondavano, che *poteva* andarsene. Era stato il primo passo per costruirsi una nuova vita.

Era, per un'abitudine forzata, gentile e operosa. Nonché perspicace e veloce a imparare. A casa non era mai piaciuto. Lì a Londra, invece, l'aveva aiutata a trovare il suo primo lavoro, un turno di notte a malapena documentato in una squallida reception. Si sentiva sicura stando nascosta, lavorando solo di notte.

Ma presto l'atrio silenzioso sembrò una nuova reclusione. Osservava il traffico serale dalle finestre: autobus rossi, taxi neri e ciclisti che scivolavano lungo le strade buie, le loro luci intermittenti che si riflettevano sull'asfalto bagnato. Il movimento era libertà, pensò. Se avesse continuato a muoversi, forse avrebbe potuto nascondersi in bella vista.

Una notte, un corriere smontò dalla bici e scosse la porta. Lei tolse il chiavistello e lui spinse il battente con una mano, mentre con l'altra muoveva la bicicletta tenendola per la sella. Era magro, barbuto, posato. La sua bicicletta era stata spogliata fino al metallo nudo, luccicante sotto l'illuminazione fluorescente a buon mercato. Lei firmò per ricevuta.

"Come faccio a trovare un lavoro come il tuo?" gli chiese.

Lui sollevò il mento, lo grattò e distolse lo sguardo, già controllando la radio per il lavoro successivo. "Prendi una bicicletta e pedala, tanto." Le rispose.

Due anni dopo, aveva il suo lavoro fisso come corriere. Aveva una bici di terza mano bruttina e un identificativo di quarta mano. Aveva allenato i suoi muscoli per andare avanti e indietro per 12 ore, imparando la mappa intricata delle strade di Londra. Era quasi irriconoscibile da prima, anche dal punto di vista fisico.

Ma il mercato delle consegna a mano era ormai agli sgoccioli. Le e-mail e i cloud facevano sì che meno documenti e incartamenti venissero trasportati dai corrieri. Per tenersi occupata, si iscrisse a un'agenzia piccola ma specializzata, che serviva un ecosistema in declino di persone che utilizzavano ancora formati fisici: bobine a nastro, rullini, custodie di schede di memoria. Lei portava i loro dati. Aveva imparato a conoscere il loro mondo e la tecnologia. E, quando anche gli ultimi clienti si erano infine trasferiti online, aveva cercato nuove opportunità.

Come un judoka che contempla la massa di un avversario, pensò a tutti quei dati preziosi che vivevano silenziosi nei webfarm in tutto il mondo, chissà dov'erano esattamente? Sentiva che il peso di quei dati comportava una paura. Conosceva i clienti che erano stati hackerati. Una violazione dei dati significava perdita finanziaria, rovina o disgrazia. Quindi ribaltò quel peso usando la paura per creare la sua nuova specializzazione.

E ora aveva una clientela molto particolare: alcune aziende di determinati settori, clienti riservati e privati, nonché un numero crescente di personaggi pubblici. Per loro, la consegna di dati fisici personalizzati era un'opzione premium. Non caricarlo. Non inviarlo via email. Fattelo recapitare a mano.

Aveva traghettato un campione concentrato dei segreti digitali di Londra da uffici tranquilli, suite d'albergo e strutture private. Per un breve periodo, al culmine della bolla delle criptovalute, aveva trasportato dozzine di dischi rigidi avanti e indietro per la City, scambiati come lingotti d'oro. I portafogli offline erano più sicuri.

Sia lei che i suoi clienti erano felici di mantenere la sua attività il più anonima e transazionale possibile. Era in gran parte fuori dai registri, niente scartoffie. Di rado faceva domande ai suoi clienti e rivelava poco di sé. Restava un libro chiuso.

Per quei clienti che avevano bisogno di maggiore rassicurazione, sviluppò dei servizi su misura. Aveva imparato la crittografia. Mentre l'innovazione tecnologica sfrecciava in avanti, lei tornava indietro. Aveva imparato a bloccare telefoni e laptop disabilitando i protocolli, rimuovendo i chip o incollando le prese. L'obsolescenza tecnica era un'alleata e manteneva al sicuro i dati dei clienti. Raccolse vecchi hardware, cavi e oscuri adattatori, realizzando dispositivi personalizzati: delle creazioni stile Frankenstein. Se fosse stata intercettata, chi avrebbe potuto leggere un file crittografato archiviato in un formato morto da tempo?

Quella notte, appoggiò uno spesso tappetino antistatico sulla scrivania di pino ben strofinato dell'IKEA, sotto un brillante anello di luci a LED. Come un anatomista del 18° secolo che esegue una dissezione, aveva separato e bloccato i cavi sottili che univano i suoi componenti: l'unità floppy, un piccolo computer per hobby appena uscito dalla sua confezione e un tag NFC[6] sottilissimo. Crimpò tra loro i collegamenti, avviò il computer e poi trattenne il respiro mentre attaccava un pacco batterie all'unità disco con una pinza a coccodrillo.

Ora si sarebbe persa per ore: sprofondando nel codice e nell'hardware, testando, convincendo la vecchia tecnologia e la nuova a collaborare. Aveva dovuto tirare fuori alcuni vecchi schemi e procurarsi il codice per il driver, ma era certa che avrebbe funzionato. Questo era ciò per cui Peters stava pagando. Alla fine, non era nemmeno così difficile.

Quando ebbe finito, saldò i collegamenti, avvolgendo e piegando il tutto in un pacchetto compatto. Infine, impacchettò il tutto con delicatezza usando dello scotch di carta. Poi, prese il vecchio libro e un affilato coltello artigianale giapponese e segnò il frontespizio con un rettangolo. Scavando in profondità nelle pagine, ritagliò una cavità, allisciandone poi le pareti. Il pavimento sotto la scrivania era ricoperto da una morbida coltre di pagine arricciate e trucioli.

---

6 Piccoli apparecchi dotati di antenna che comunicano tramite radiofrequenza (N.d.T.).

Alla fine, appoggiò il dispositivo nel libro e lo chiuse. Rimase seduta immobile per qualche minuto, fissando la copertina, quasi in trance. I dati sarebbero stati al sicuro lì dentro e, non per la prima volta, sentì di aver rinchiuso anche parte di se stessa lì dentro.

Peters le aveva scritto di nuovo. Questa volta si erano incontrati in una sala conferenze claustrofobica nel seminterrato di un hotel vicino alla stazione di London Bridge.

Era accompagnato da un collega, il tipico impiegato aziendale inespressivo che indossava un abito di ottimo taglio.

"Posso vederlo?" chiese Peters, versandole una tazza di tè nero da una teiera sferica bianca.

Tirò fuori il libro, mostrandogli la cavità e il dispositivo. Chiudendolo, premette un interruttore a bilanciere nascosto dietro il testo dorato del dorso. Poi sfogliò le pagine, trovando un punto segnalato con dello scotch.

"Il disco va qui dentro," disse, tirando fuori un disco e inserendolo tra le pagine e nell'unità con un movimento esperto.

"E il tag contactless?"

Gli mostrò l'adesivo in plastica trasparente all'interno della copertina anteriore, collegato al dispositivo. Le spire concentriche dell'adesivo erano precise e grigie, al centro della disordinata marmorizzazione del risguardo antico.

Lui annuì. "L'hai verificato?"

"Funziona," rispose lei, chiudendo di scatto il coperchio.

Lui si appoggiò allo schienale, versò un bicchiere d'acqua e picchiettò una penna costosa sul bloc-notes dell'hotel. Silenzio. o suoi auricolari pulsarono per una frazione di secondo. Quasi in segno di protesta, dal libro si levò l'aroma della carta vecchia. Lei sentì la copertina scaldarsi sotto le dita.

"Molto bene," disse lui.

Le consegnò una pila di dischetti da tre pollici e mezzo intatti, legati insieme con un elastico rosso. Sul tavolo posò una busta argentata antistatica con chiusura lampo.

"Tienili qui dentro," disse.

Come concordato, ogni disco conteneva un solo numero a 2048 bit non crittografato in testo normale. Dati semplici. Abbastanza piccoli.

"Usali uno alla volta," disse. "Etichettali come vuoi e distruggili dopo averli usati."

"Distruggerli?"

"Tagliali, affettali, scioglili o bruciali," continuò. "Non gettarli nella spazzatura e non smaltirli entro un miglio dal sito."

"Questa ragazza ha capito quali problemi di sicurezza ci sono in gioco?" disse l'uomo in completo.Peters rivolse all'altro un sorriso teso.

"Ed è nei nostri registri?"

"È stato tutto preso in considerazione," rispose Peters, conciso.

Da qualche parte nel soffitto, l'aria condizionata gemette per alcuni lunghi secondi.

Assaggiò il tè. Forse era un po' troppo caldo. Era ora di infrangere una delle sue regole.

"Per che cos'è?" chiese.

Peters si prese un attimo per valutare la situazione. "Lo chiamiamo 'nutrire il drago'."

"Sembra un po' spaventoso," disse, con un mezzo sorriso. "È illegale?"

Lui sorrise. "No. O almeno, non ancora."

La bici che stava usando era stata un fortunato ritrovamento in garage. Era stata dipinta in modo rozzo con la vernice spray di un arancione violento, ed era piena di ragnatele, ma aveva subito riconosciuto il classico telaio in acciaio. L'aveva smontata e ricostruita più volte, imparando nuove abilità man mano che procedeva.

Non era come costruire dispositivi. Con l'elettronica, nascondeva i segreti dei suoi clienti. Ma la bici era solo per lei e sarebbe stata vista da tutti ogni giorno. Assemblò con cura un misto di componenti vecchi e nuovi, nello stesso modo in cui si era rimodellata, nel fisico e nella mente, mentre costruiva la sua nuova vita a Londra.

In maniera inconscia e, nonostante il suo istinto per l'anonimato, la bici era cambiata e si era adattata come lei, – era un'espressione esteriore di sé e la sua interfaccia con la città intorno a lei. Ad ogni ricostruzione, riverniciava il telaio e le forcelle con un colore più brillante. Nella sua versione attuale, la bici era un verde-oro metallizzato, con una classica sella in pelle verde mela.

Il tempo trascorso in ricognizione è sprecato di rado.

In una fresca serata entrò nella City di Londra, attraverso il viadotto Holborn. Draghi araldici con stemma argento e rosso adornavano i due lati del ponte. Leoni alati sedevano su dei basamenti.

Attraversò alte pareti di vetro e grandiosi edifici in pietra di Portland. I negozi esponevano bellissimi pannelli di camicie, scarpe e abiti di sartoria. Nella vetrina di un ottico giravano vividi olografi animati, il testo passava dall'inglese al cinese, al giapponese, al russo.

All'angolo tra Leadenhall Street e St. Mary Axe si fermò e guardò a nord. L'edificio della Viverna era un blocco neo-brutalista di calcestruzzo testurizzato. Nel fuligginoso crepuscolo londinese aveva la consistenza e il colore di Stonehenge, in qualche modo imponente e anonimo. Doveva esserci passata davanti decine di volte, ma non lo aveva mai guardato da vicino.

Accostandosi all'edificio, cercò una finestra al livello della strada nell'angolo accanto. Là. Un cavo correva dal bordo del telaio della finestra a una scatola grigio opaco sul muro.

Si fermò dall'altra parte della strada, osservò il traffico stradale e i pedoni. Un forte clack e un basso rumore di rotolamento l'avvertirono di uno skateboarder che si avvicinava veloce lungo il marciapiede. Indossava una giacca in stile militare stampata con camouflage pixelato, jeans ultra neri e un berretto a righe verdi e bianche. Le sue Converse color mandarino guidavano la sua tavola in curve morbide tra una manciata di lavoratori della City. A meno di tre metri dalla finestra, premette forte il piede posteriore e si fermò vicino alla scatola grigia.

Sollevò il dorso della mano verso la scatola grigia, si fermò e una luce rossa pulsò sulla scatola. Mentre lo skateboarder abbassava la mano, lei vide una luce tremolante lampeggiare sotto la sua pelle, bianca e rosa. Poi si diede una spinta col piede, girò intorno all'edificio e scomparve.

In alto sopra le loro teste, una coppia di droni si alzò silenziosa dal tetto della Viverna.

La notte in cui aveva fatto la sua prima consegna aveva appena piovuto. I semafori brillavano sulla strada e lei poteva sentire l'odore dei marciapiedi bagnati.

Le era stato assegnato un 'programma di consegna asincrono', il che significava che poteva scegliere i suoi tempi di consegna, entro determinate finestre di tempo. Siccome Peters voleva discrezione, lei aveva scelto di farlo tra mezzanotte e le quattro.

A mezzo miglio dalla Viverna, si fermò, prese il libro dalla borsa, spinse sul dorso e avviò il dispositivo.

La consegna richiese pochi secondi. Salì sul marciapiede davanti alla Viverna, si avvicinò alla scatola grigia e vi premette la copertina del libro. La luce rossa lampeggiò di nuovo.

Mentre si allontanava in bicicletta sotto i freddi lampioni, una telecamera del traffico la osservava con aria assente, senza traffico da dirigere.

Tornata a casa sua, spezzò a metà la plastica della custodia del disco, rimosse il disco stesso e lo tagliuzzò con le forbici. Poi controllò il suo conto in banca. I soldi erano già lì. Il drago, con la sua magra dieta di 2048 bit, era felice.

Tre piani sopra di lei, i frastagliati tetti vittoriani si ergevano come denti di mostri.

Due notti dopo fece un'altra consegna alla Viverna. Era stato un altro giro tranquillo. Le strade erano quasi tutte per lei e aveva fatto gareggiato in velocità con un paio di taxi neri che stavano ancora girando intorno allo Square Mile. Aveva vinto: era sempre più veloce a luci spente.

Pedalò fino al bar aperto 24 ore su 24 vicino al mercato della carne di Smithfield e mangiò un panino con bacon e ketchup economico, con il succo e la salsa dolce che le colavano sulle dita. Poi si sedette fuori sulla canna della sua bici, sorseggiando da una tazza di bambù.

Si avvicinò un taxi nero, con la spia ambrata 'Taxi' spenta. Poteva vedere un minuscolo guizzo di luce riflessa nell'obiettivo della dashcam dell'auto, mentre passava sotto i lampioni. Si fermò fuori dal bar e l'autista uscì. Si avvicinò al marciapiede e inclinò la testa rasata da un lato, fissandola con occhi azzurri acquosi.

"Ciao, tesoro," disse. "Hai i token?"

"Token?" disse, con il cervello in subbuglio. Token? Forse si trattava di un malinteso, ma la sua risposta fisica stava già dicendole che non c'era nessun malinteso, nessuna coincidenza. Poteva sentire l'ipereccitazione scatenarsi. Era già successo prima, era successo a tutti i corrieri che conosceva. Un malinteso si poteva risolvere subito. La pretesa di un approccio amichevole sarebbe sparita, rivelando un'offerta chiara o una minaccia.

La procedura standard era: stare calmi e andarsene. Evitare il contatto visivo, controllare la respirazione e preparare le gambe. Aveva già una mano sulla sella. La pelle era fresca e liscia sotto le sue dita.

Fece spallucce, sorseggiando del tè e guardandosi intorno. Forse stava cercando qualcun altro, gli mimò. Cercò di tracciare le strade e gli angoli all'interno del suo campo visivo.

"Sì, token," disse l'uomo. "Pensiamo che tu ne abbia. Forse. Sembra una piccola carta o un chip" e fece due passi avanti. Credeva di non averlo ancora visto battere le palpebre.

Scivolò giù dalla canna della bici e sollevò la tazza appena inclinata verso di lui, all'altezza del viso.

"Questo tè è troppo caldo," disse.

"Okay, tesoro," l'uomo sorrise. "Voglio solo parlare. Possiamo pagarti. Voglio dire un bel po' di soldi." Fece un passo indietro e aprì la portiera del taxi. "Vuoi entrare? Possiamo andare in un posto più carino per parlare."

Ma mentre l'uomo si girava indietro, lei poteva vedere le sue dita allargarsi e le gambe tendersi. L'espressione degli occhi non corrispondeva al suo sorriso.

Lei lanciò la tazza in alto tra di loro e gli occhi dell'uomo la seguirono per un momento. Gettando la gamba sopra la bicicletta, spinse sui pedali e percorse dieci metri lungo il marciapiede e poi lungo uno stretto vicolo. Uscì in una strada a senso unico, pedalò con furia nella direzione sbagliata fino a un'altra svolta, poi zigzagò attraversando strade secondarie fino a raggiungere un oscuro cortile in mattoni.

Girò la bicicletta nell'ombra e si appoggiò al muro, con il respiro affannoso. Sbirciando attraverso un arco, controllò per vedere se c'era il taxi, valutando in maniera attenta la situazione. Quando l'autista aveva aperto la portiera, aveva visto un berretto verde e bianco sul sedile posteriore.

Avrebbe potuto mandare un messaggio a Peters e annullare tutto. Ma l'accordo prevedeva il pagamento alla consegna: perderne una era un brutto affare. Per come la vedeva lei, i soldi erano ancora buoni e di notte le strade erano le sue. Ora sapeva di doversi guardare le spalle.

Quindi, controllò il calendario e aspettò tre giorni fino alla luna nuova, sarebbe stata la notte più buia. Guardò l'orologio che segnava le due del mattino e fece i suoi preparativi. Indossò i suoi abiti più anonimi. Prese il dispositivo e un dischetto. La sua borsa. Un rotolo di velcro e un pacchetto di magneti al neodimio.

Fece un percorso tortuoso, girando e rigirando, zigzagando, cambiando direzione e prendendo le strade che i taxi di solito non percorrevano, poi una scorciatoia attraverso Old Spitalfields e nella City. Viverna era a tre minuti di distanza.

Ma già decine di telecamere avevano registrato il suo passaggio, agli incroci e ai semafori.

Quando imboccò St. Mary Axe, apparve un taxi nero che cominciò a seguirla da vicino. Cambio di programma, pensò. Avrebbe potuto seminare con facilità il taxi spingendolo allegramente in una strada senza uscita per poi scomparire di nuovo in un vicolo. Tornare indietro, consegnare e poi ritornare a casa.

Poi vide gli incroci davanti a sé bloccati da altri taxi neri e un altro fermarsi in fondo alla strada. Andò avanti e prese velocità. Saltò una fila di ciottoli sul bordo del marciapiede e sterzò all'interno della ringhiera all'incrocio successivo, aggirando il retro di un taxi.

Mantenendosi nelle strade più strette, si diresse a sud, verso il fiume, emergendo dalla Blackfriars. Si prese un momento per guardarsi intorno. Il sudore le si raccoglieva sulla nuca. Poteva vedere un taxi, no... due. Doveva rischiare.

Si avviò sull'ampio marciapiede dell'Embankment, lungo la strada, alzandosi dalla sella, aumentando il ritmo e ottenendo quanta più velocità possibile dal suo unico rapporto. Poteva andare avanti così fino a Westminster senza incroci, semafori o fermate, lasciandosi alle spalle la City.

E poi, un taxi le sterzò davanti, salì sul marciapiede con uno schianto, colpì il muro di granito dell'argine e si fermò stridendo. Frammenti di carrozzeria in plastica si frantumarono e si sparpagliarono lungo la sua scia.

Lei aveva avuto un attimo per percepire l'accelerazione silenziosa del taxi mentre le si affiancava sulla strada, ma non c'era tempo per frenare e nessun posto dove andare. Lo colpì forte.

Rimase giù per alcuni istanti, stordita e scioccata, prima di alzarsi piano, sulle gambe tremanti. La sua spalla sinistra si incurvò suo malgrado, bloccando ad angolo il braccio all'infuori, distante dal corpo. I sistemi del suo fisico erano in stato di confusione: alcuni erano bloccati, altri in allerta. Registrò frammenti di dolore al collo, alla guancia, alle costole. Il polso reclamava attenzione – con le ossa scivolate nella *direzione sbagliata* – ma non osò toccarlo. La vista vorticava e le orecchie ruggivano. Sembrava che ci fosse del rumore tutt'intorno a lei, ma non c'era in realtà alcun suono.

Di fronte a lei c'era un uomo magro con una tuta blu. Aveva appena preso da terra la sua bicicletta.

"Ah, starai bene, non preoccuparti," disse. "Ma non provare a scappare di nuovo, okay?"

Lei ricambiò lo sguardo, diversificando la sua voce dall'elettricità statica nelle orecchie.

"Dobbiamo fare un accordo," disse. "Hai i token?" Fece una pausa. "Scusa per l'incidente. Non ti saresti fermata però, vero?"

"Ridammi la bici," rispose.

"Questa?" disse, come se l'avesse appena notata. "Bella bici. Bella sella. Questo verde è molto particolare, mi è stato detto."

La spinse verso il muro vicino al fiume, la sollevò e lo poggiò in equilibrio precario in cima al muro con una mano.

"Ora vogliono che io faccia un accordo con te. Si possono fare un sacco di soldi per quei token. E potrai riprenderti la tua bici." Sorrise e inclinò la testa. Lei notò un auricolare ingombrante infilato nell'orecchio sinistro.

"Il tuo amico skater è stato molto meno problematico. Abbiamo concluso un affare veloce e ne abbiamo guadagnato tutti." Il suo auricolare lampeggiava. "Ti pagheranno anche di più. Che ne pensi?"

Spostò il peso, sentendo i muscoli dolere e le articolazioni irrigidirsi. Contò le lastre di pietra tra lei e la bicicletta.

"Devo prima vederli però," disse lui, assumendo un tono urgente. "Hai una scheda, o un chip di memoria o qualcosa del genere?"

"Quanti soldi?" chiese lei.

"Prima me li devi far vedere," disse. «E sbrigati, la polizia arriverà presto. Non vogliamo che vengano coinvolti, vero?"

Con gli occhi fissi sulla bici, si chinò e tirò fuori il libro. Goffa, con una sola mano, espulse il dischetto e lo sollevò.

"Ha... un vecchio dischetto per computer," disse lui, all'aria.

Il suo auricolare lampeggiò subito.

"Okay, va bene," disse. "Quanto vuoi? Quanto ti stavano pagando? Possiamo pagarti anche dieci volte tanto. Ma sbrigati!"

Rivolse lo sguardo all'uomo, mentre le mani le tremavano. La sua bicicletta era cinque metri sopra il Tamigi. Le sue orecchie rimbombavano ancora. Poteva sentire le sirene o erano solo nella sua testa?

L'auricolare lampeggiò di nuovo.

"Va bene allora, proviamo questo..." Disse l'uomo. "Queste bici sono costose, no? Bene, te ne servirà una nuova."

Rovesciò la bici oltre il muro e sorrise.

"Te ne compreremo una nuova se ci vendi quei token."

Percepì lo splash più che sentirlo. Gli occhi iniziarono a bruciarle.

Portò lentamente la mano sulla coscia, dove una fascia di velcro conteneva una dozzina di potenti magneti sotto i collant. Sfregò il disco su e giù, rovinando i dati.

"Vaffanculo," disse, tirando il disco nel fiume.

Poi, con la mano buona, cercò nella borsa la pompa: un cilindro di alluminio lavorato a CNC, uno strumento di rara bellezza. Lo afferrò forte e corse verso l'uomo.

Ormai era sicura di sentire le sirene nelle orecchie e i piedi che correvano. Luci lampeggianti rosse e blu scivolarono sul muro dell'Embankment di fronte a lei.

Rapporto sullo stato del progetto Viverna - Iterazione 8.1.12 - Riepilogo Esecutivo
Documento Aziendale Riservato
Panoramica
Viverna è un sistema sperimentale dimachine learning. Il nostro obiettivo è creare un'IA di elevate capacità per supportare l'espansione dei nostri obiettivi aziendali.

Questa iterazione di Viverna (8.1.12) ha sviluppato un

forte insieme di capacità di intelligenza artificiale ed è stata particolarmente abile nello sviluppo di capacità finanziarie e nel raggiungimento dei suoi obiettivi tramite agenti umani auto-reclutati. Tuttavia, ha creato di per sé un obiettivo strategico imprevisto che è stato influenzato in maniera indebita dal nostro meccanismo di controllo. Come conseguenza, gli agenti umani sono stati incentivati ad agire in modo illecito.

Dettagli

Gli stakeholder senior ricorderanno che ora consentiamo a Viverna l'accesso controllato al 'mondo esterno'. Le recenti iterazioni di Viverna hanno presto acquisito i poteri dell'IA per sconfiggere i nostri metodi di sicurezza fisica (detti anche 'boxing'). Il consiglio del progetto ha convenuto che era poco pratico, oltre che controproducente, cercare di impedire a Viverna di agire nel mondo esterno.

Esistono alcuni rischi associati alla creazione di un agente artificiale potenzialmente super intelligente operante nel mondo esterno, essi sono mitigati con 'regole operative' codificate e un meccanismo di controllo (vedi sotto).

Nell'iterazione 8.1.12, Viverna ha acquisito in modo rapido l'autoapprendimento e l'amplificazione dell'intelligenza, che ora è il modello normale. Ha quindi acquisito, a livello umano o superiore, le seguenti abilità: pianificazione strategica, analisi statistica, riconoscimento di schemi visivi, riconoscimento e sintesi vocale, hacking (IT e networking), pianificazione finanziaria, trading e ingegneria sociale.

C'è stato anche un cambiamento nel comportamento che è stato in gran parte una reazione al nostro nuovo meccanismo di controllo. Viverna è ora, all'avviamento, molto incentivata a completare un complesso compito crittografico. Questo compito è reso più semplice dall'acquisizione di 'token di ricompensa crittografici', che vengono forniti a

Viverna in modo irregolare e possono essere ritirati se non si attiene alle 'regole operative' predefinite. Pertanto, i token ricompensa sono molto desiderati da Viverna-8.1.12.

In precedenza abbiamo mantenuto i token di ricompensa in loco presso la struttura di Viverna, ma una revisione della sicurezza del progetto ha rilevato che non era sicuro e che i gettoni erano suscettibili al 'dirottamento' da parte di Viverna.

Pertanto, in questa iterazione abbiamo distribuito i gettoni di ricompensa a diversi free-lance esterni con le istruzioni di mantenere i gettoni off net e lontano dai sistemi informatici convenzionali. I token sono stati consegnati tramite un lettore contactless all'esterno della struttura.

La conseguenza imprevista è che l'acquisizione di token premio è diventato l'obiettivo strategico principale di Viverna-8.1.12.

Dal pattern-matching ha dedotto lo schema del meccanismo di consegna, quindi ha formulato una strategia per controllare l'offerta di token: a) rintracciando i nostri free-lance, b) acquisendo capitale finanziario per reclutare e influenzare agenti umani, e c) utilizzando quegli agenti umani per avvicinare i free-lance e negoziare i termini per l'acquisto dei token.

Sebbene questa sia stata un'applicazione impressionante delle sue abilità di strategia e influenza (le tecniche utilizzate per raccogliere capitali online saranno utili per alcune parti interessate), Viverna-8.1.12 ha purtroppo esagerato (per gli standard umani) in termini di istruzioni e incentivi dati ai suoi agenti umani. Gli agenti umani hanno reagito in modo esagerato e hanno commesso illeciti per procurarsi i token. Una dei nostri free-lance è rimasta ferita in maniera grave e la polizia della City di Londra è stata coinvolta. A questo punto, Viverna-8.1.12 è stato terminato.

Raccomandazioni

Il progetto Viverna dovrebbe rafforzare le sue 'regole operative' per l'IA, per prevenire incentivi illegali agli agenti umani. Questo può essere difficile da formulare, poiché qualsiasi incentivo potrebbe essere corrotto.

Le risorse legali e di pubbliche relazioni dovrebbero essere informate prima della prossima iterazione, poiché non possiamo garantire che le azioni di Viverna saranno legali o abbastanza segrete in futuro.

Se i token di ricompensa devono essere utilizzati di nuovo, dovremmo reclutare più free-lance con competenze in infosec e opsec per rendere distribuzione e consegna dei token più difficile da identificare o dirottare da parte di Viverna.

Nota: la free-lance ferita durante la versione 8.1.12 è una candidata ideale per sviluppare la nostra futura distribuzione di token. Verrà fatta un'offerta.

Doveva ammettere che quelli di Viverna erano impressionanti a modo loro. Peters era stato il primo di loro ad arrivare sulla scena, secondosolo alla polizia. Non molto indietro c'era una squadra in completo elegante, che distribuiva con calma spessi biglietti da visita in rilievo.

Era stordita, ma poteva percepire l'implacabile potere aziendale dietro quei sorrisi sicuri e quelle strette di mano ferme. Riusciva quasi a visualizzare i pacchetti di dati che fluivano da e verso Peters e i suoi colleghi; con gli loro auricolari che pulsavano dolcemente e gli schermi che brillavano, tenaci. Ruote e ingranaggi invisibili giravano intorno a lei.

In qualche modo, a un certo punto tra l'ospedale e la stazione di polizia, aveva concordato una rappresentanza legale. Si era parlato di risarcimento, nel giro di un'ora stava tornando a casa su una Mercedes nera con sedili in pelle color crema, Aveva un numero da chiamare se "avesse avuto bisogno di qualcosa."

E poi l'intero incidente sembrò svanire nel nulla. Nessuno della polizia si fece più sentire. Aveva anche impostato un avviso di notizie per 'Viverna' ma non ne era emerso nulla. Il suo conto in banca ricevette un unico sostanziale pagamento anonimo.

Incontrò Peters ancora una volta, in un vivace caffè turco a Finsbury Park: era il suo territorio.

"Per quanto riguarda quello che è successo... vorremmo che non se ne parlasse. Credo che anche tu sia d'accordo," disse lui. "Viverna sta cercando di diventare più autonoma, tentando di fuggire nel mondo reale. Ottiene abilità, soldi, cerca delle opportunità. Va bene per noi, dopotutto controllarla è il nostro lavoro, ogni volta che l'accenderemo."

"Il *tuo* lavoro," disse lei.

"Potresti aiutarci, abbiamo un'offerta da farti."

Fece scivolare alcune scartoffie sul tavolo. Lei non le toccò.

Alcune settimane dopo, con il polso del tutto guarito, tornò in bicicletta nella City Si era costruita una nuova bici, dedicandole tempo e cure. Mettendo insieme i pezzi. Preparando lei, e se stessa, a reimmettersi per strada. I suoi clienti la stavano aspettando. Fuori dai registri e mantenendo ancora un basso profilo.

Passò sotto una telecamera del traffico e guardò le geometrie in bianco e nero che aveva disegnato sulla bici. Un confuso motivo abbagliante, che si abbinava ai motivi frastagliati sulla sua giacca. Potendo farlo, avrebbe voluto confondere quegli algoritmi.

Avrebbe continuato a muoversi, a nascondersi in bella vista e a correre il rischio.

Sopra di lei, un nano-satellite in bassa orbita terrestre stava passando sopra Londra. Era uno dei tanti che era stato affittato tre mesi prima, tramite una società di comodo alle Bahamas. Un micro servizio dormiente si era svegliato per scansionare le strade sottostanti.

Stava ancora cercando quella sella color verde mela.

di Juliet Kemp

traduzione di Chiara Rizzo

Juliet Kemp vive a Londra con i genitori, il figlio e il cane. Il suo romanzo fantasy The Deep and Shining Dark *(Elsewhen Press) e il racconto* A Glimmer of Silver *(Book Smugglers) sono stati pubblicati nel 2018. Potete trovarla su Twitter all'indirizzo @julietk.*

In certi giorni l'asfalto si srotola liscio sotto le tue ruote e ogni semaforo diventa verde per te. In certi giorni i pedali girano come se le tue gambe non stessero facendo fatica, tutto scorre liscio come se questo fosse ciò per cui sei stata costruita.

Certi giorni ti sporgi dietro l'angolo e alzandoti dalla sella, come se la dea stessa ti stesse spingendo a muoverti.

Certi giorni, se continui a pedalare, c'è qualcosa che è appena fuori portata, qualcosa che puoi quasi prendere...

...e poi freni, rallenti e ti fermi; arrivi a scuola, al lavoro o a casa proprio come al solito, la sensazione fluisce fuori da te come se non fosse mai esistita.

Già, era mai esistita?

La prima volta che ho pedalato sulla scia della fortuna, è stato un incidente. Era uno di quei giorni in cui tutto va per il verso giusto, quando la bici si sente parte di te e ogni semaforo diventa verde con gli spazi che si aprono come per magia. O almeno, all'epoca davo per scontato che non lo fosse. Magia, ecco.

Ho fatto tutto il percorso da casa a Soho senza dover mettere il piede giù neanche una volta. È stato pazzesco. Quando mi sono fermatə, potevo sentire frizzare le dita. Pensai che fosse solo legato al piacere di qualcosa di soddisfacente, un qualcosa di simile al preciso allineamento delle stelle. Non mi era mai venuto in mente che la sensazione di potenza accumulata fosse reale e non solo una corsa all'autocompiacimento.

Avevo avuto un incontro, una persona che avevo conosciuto online ed era andato meglio di qualsiasi altro appuntamento avuto negli ultimi mesi. Eravamo andatɜ subito d'accordo come se stessimo chattando e rideva a tutte le mie battute. L'intera serata era intrisa della gioia di sentirsi come se tutto fosse a posto, come se fossi in gran forma, essendo chi vuoi essere. Un appuntamento memorabile. E la serata era continuata in maniera altrettanto memorabile, come per caso. Non avevo mai pensato alla questione della fortuna. Perché avrei dovuto?

La relazione non è durata a lungo, ma siamo rimastɜ amicɜ. Non sapevo, al tempo, della fortuna, ma ricordavo quella corsa senza soste e, anche se non avevo ben chiaro cosa significasse, volevo rivivere quella sensazione.

Ho iniziato a prestare attenzione alle sequenze dei semafori, a guardare più avanti per evitare il traffico senza fermarmi. E, pian piano, ho cominciato a notare come ci si sente dopo una corsa perfetta. Qualcosa di elettrico e scivoloso che mi passa sulla pelle, che scintilla sulla punta delle dita, dopo una corsa perfetta. Qualcosa che porta a dei cambiamenti, piccoli, nella mia routine. L'ascensore cigolante dell'ufficio era lì quando ne avevo bisogno invece di dover aspettare cinque minuti. Brownies scontati al bar. La batteria del telefono durava giusto quei due minuti in più di cui avevo bisogno per scoprire in quale pub si trovavano lɜ miɜ amicɜ. Piccole cose che sembravano semplice fortuna. Come se potessi pedalare lungo la scia della fortuna, anche se capivo quanto assurdo suonasse, mi dicevo che era proprio così.

Esistevano però anche delle cose che non potevano essere definite 'fortuna'. Cose come quando chiedono quale pronome usare con me al nuovo lavoro precario (cosa che non accade mai e poi mai). Cose come non essere chiamatə né "signore" né "signora" in un ristorante. Cose che non volevo considerare fortunate perché dovrebbero essere normali, tranne per il fatto che non lo sono. Piccole cose che facevano una differenza enorme.

Ho iniziato a pensarci su sempre più spesso, anche se non sembrava qualcosa in cui potevo credere. Non proprio. Insomma, come ho detto, era assurdo, no?

Ho continuato a lavorarci su per un paio di mesi, ancora senza permettermi di crederci, quando ho visto Elin per la prima volta. Mi ha sorpassatə quando ho beccato un semaforo, rallentando quel tanto che bastava per rimanere sul lato destro del semaforo finché non fosse cambiato, quindi accelerando attraverso l'incrocio. Le sue trecce rosa e nere erano avvolte in una crocchia morbida sulla nuca e le sue gambe, con i leggings sotto una gonna blu brillante, erano incredibili. (Cerco di non essere così superficiale, ma a volte ci fai caso, giusto? Avevo aumentato la mia dose di T e la mia testa era piena di cose così.) Avevo cercato di prenderla, ma era passata attraverso i semafori successivi appena prima che diventassero rossi e non ero abbastanza vicinə per seguirla. L'ho vista sfrecciare per la strada e ci ho riflettuto su.

L'ho vista di nuovo nello stesso posto un paio di giorni dopo, questa volta però avevo il tempismo giusto e abbiamo fatto la strada insieme. Alla fine ci siamo dovutə fermare dietro a un camion. Lei mi ha guardato e le punte delle mie dita hanno iniziato a frizzare, ci siamo sorrisə a vicenda. All'improvviso lo sapevo, anche se non riuscivo a crederci.

"Elin," disse.

"Kell," risposi.

"Conosci l'Oak, a Portland Place?" chiese lei. "Domenica sera, dovresti venirci."

E poi il camion si è mosso, lei mi ha fatto un cenno e si è allontanata lungo una strada laterale.

Per tutto il resto della settimana mi sono chiestə se dovevo andare o meno all'Oak. Forse era solo una palese assurdità e mi stavo ingannando pensando che stesse accadendo qualcosa, che questa persona mi avesse davvero guardato in modo significativo.

Ma poi, anche se voleva soltanto che uscissi con altrə ciclistə, non sarebbe valsa comunque la pena andarci? (Ho provato a considerare, con ottimismo, il pensiero – poi scartato – che ci stesse provando con me. Non avevo colto quel tipo di vibrazioni, purtroppo.)

Quindi, sì. Sono andatə all'Oak, quella domenica.

Ho passato la maggior parte del tragitto per recarmi lì impazzendo per l'intera faccenda del genere/pronomi. Odio fare coming out, ma se non lo faccio, vengo lettə in un certo modo. E se lo faccio, c'è sempre il rischio che dicendo i miei pronomi si scopra che mi sto presentando a stronzi transfobici. Eppure il motivo per cui conoscevo già l'Oak era che fuori dalle finestre c'erano grandi bandiere del Pride insanguinate. E poi avevo la bici con me, se avessi avuto bisogno di andarmene, avrei potuto semplicemente farlo. Cercavo essere più fiduciosə, più sicurə di me stessə, del mio senso di chi ero. Maledizione, mi sarei presentatə proprio bene così.

In maniera deliberata ho rallentato per i semafori, durante il tragitto, appoggiando il piede a terra. Non volevo chiedermi se quella cosa, che era di certo immaginaria, stesse influenzando il modo in cui quelle persone in particolare reagivano a me. Non volevo rischiare che cambiasse, dopo.

Una volta arrivatə, lo stallo fuori dal pub era addobbato di biciclette, ho dovuto bloccare la mia in alcune ringhiere lungo la strada. L'ho preso come un buon segno. Ho visto Elin non appena sono entratə nel posto: quelle trecce rosa e nere, la luce che brillava sulla sua pelle scura. Era nell'angolo vicino al bar. Deglutii a fatica e mi avvicinai.

"Ehi, ma è fantastico! Eccoti qua!"

Tese la mano che non teneva la birra e, con cautela, la presi.

"Come ti avevo già detto, sono Elin. Preferisco i pronomi femminili."

Provai un'ondata di sollievo, travolgente al punto che le ginocchia mi tremarono. "Kell. Ehm. Pronomi inclusivi."

Mi sorrise e si voltò per presentarmi le altre due persone in piedi con lei. Cara e Flora, entrambe con pronomi femminili. Sono andatə a prendermi una pinta e sono tornatə per trovare Cara nel bel mezzo di una storia su "qualche coglione su una BMW" che le aveva urlato contro mentre stava venendo lì in bicicletta.

"E poi non posso che chiedermi: si comportano di merda perché sono una donna, perché sono una ciclista o perché sono trans?"

"Valuta il potere della 'e,'" disse Flora schietta, facendo scoppiare tuttə noi a ridere, quella era la risata che si ottiene quando tuttə sanno come vanno le cose. È raro per me ambientarmi in un gruppo in maniera così rapida. È stata una serata di connessioni ed esperienze condivise. E alla fine, mentre lo staff annunciava l'orario di chiusura al bar, Elin mi guardò.

"Ehi. Kell. Vuoi venire a fare un giro in bici con noi?" Fece un sorriso un po' storto. "La sera è il momento migliore."

Il mio cuore cantava. Annuii.

Cara stava davanti. Lontano dall'Oak e lungo la strada principale, finché Elin non le gridò: "Quando hai intenzione di iniziare?"

Superammo un semaforo.

"Ora," disse Cara, mentre qualcosa crepitava tra noi.

Elin mi fece segno di pedalare al suo fianco, dietro Cara e Flora.

"È più facile stare insieme in questo modo," spiegò.

Cara sapeva bene cosa fare. Passammo il primo semaforo verde, accelerando per beccare i quello dopo, quindi iniziammo a rallentare in modo da raggiungere il terzo in modo che passasse dal rosso all'arancio per poter tirare dritto. Il quarto era diventato rosso mentre ci avvicinavamo e ho temuto che non ce l'avremmo fatta, finché Cara non ci ha fatto un cenno per girare a sinistra e si è tuffata in una strada laterale. Ora percorrevamo le strade secondarie, veloci ma costanti, con Cara che ci urlava "Libero!" Ad ogni svolta. Non riuscivo a trattenermi dal sorridere mentre quella sensazione, la sensazione di stare in equilibrio su qualcosa di perfetto, si diffondeva nel mio corpo. Dall'espressione sul viso di Elin, quando l'ho guardata, era chiaro che lo sentiva anche lei.

"Prendiamo Mare Street," ci richiamò Cara proseguendo.

Ci portò fino a Mare Street senza fermarci una sola volta, quasi esplodevo di gioia mentre seguivo lei e Flora in un parcheggio deserto fuori da quello che sembrava un ambulatorio medico dove ci fermammo.

Quasi caddi quando misi il piede per terra mentre lo shock mi assaliva facendomi formicolare i denti. A quel punto dovevo crederci, con loro tre lì con me, a condividerlo. Visto che lo sentivo così forte.

"Woooo!" Cara appoggiò la testa all'indietro e urlò al cielo notturno.

"Questo dovrebbe aiutarmi a superare la giornata, domani," disse Flora.

Elin mi guardava, esuberante e appena un po' interrogativa. Le risposi con un cenno del capo e il suo sorriso si allargò.

"È fighissimo, no?"

Ci sorridemmo come mattɜ, come lunɜ,, come ciclistɜ.

"Benvenutə nel club," disse Elin abbracciandomi.

Ci incontravamo ogni settimana. Raccoglievamo appunti tra una sessione e l'altra, elaborando i nostri percorsi, gareggiando su chi riusciva a pedalare più a lungo senza fermarsi. Mi spiegarono che era necessario annunciare il percorso in anticipo perché funzionasse al meglio. Anche avere un preciso scopo era necessario, non si poteva solo tirarsene fuori quando si incontrava un intoppo.

Il giorno era più impegnativo, le corse diurne facevano guadagnare più punti, nella nostra competizione non scritta. Ma si aveva la stessa quantità di fortuna o potenza, come la si voglia chiamare. In ogni caso, se la corsa era lunga, era sempre meglio farla di notte. Pedalare di notte significava tempi dei semafori più lunghi, meno traffico da intralciare e meno pedoni suicidi. La domenica sera era la migliore, mentre i giorni feriali si aggiudicavano un vicino secondo posto. Il venerdì e il sabato le strade erano piene di cazzoni e idioti, per non parlare degli ubriachi, degli esibizionisti o entrambe le cose. Una domenica sera ci alternavamo in testa, mi sembrava che in quattro pedalassimo meglio che da solɜ.

"Sai," disse Elin, una volta. "Stavo pensando se non dovremmo lavorarci su, a questa cosa."

"Parla per te" disse Cara. "Io ci faccio un mucchio di cose. Ho compilato la ricetta medica lunedì scorso e per la prima volta hanno capito tutto senza perdere tempo."

"Okay ma," continuò Elin. "Stavo pensando a qualcosa di più... Qualcosa di grande."

La discussione era finita lì, o almeno quella volta.

In settimana le cose cambiarono, Flora arrivò tardi e triste.

"La casa occupata verrà sfrattata domani," disse.

"Il centro?" chiese Cara. "Dove ho organizzato il gruppo di genere?"

"Dove ho creato la ciclofficina?" chiese Elin nello stesso momento.

Flora annuì.

"Ah, merda. Fanculo. Non c'è nessuna possibilità di rinvio?"

Flora scrollò le spalle. "Ci raduneremo domani, per cercare di mandare via gli ufficiali giudiziari, ma..." Sapevamo tutt3 come andavano gli sfratti delle case occupate. "Stavamo per andare in tribunale e Dolly crede che avremmo buone possibilità, ma se ci tirano fuori prima..."

E proprio così, mi è venuta l'idea.

"La pedalata di stasera," dissi, lenta, cercando di rifletterci bene. "C'è un modo in cui potremmo, in qualche modo... trasmetterlo? Che succederebbe?"

Le altre mi fissarono.

"Non ne ho proprio idea," disse Elin. "L'ho usato sempre e solo per me stessa."

Gli occhi di Cara erano spalancati. "Io l'ho fatto una volta. Per un amico che aspettava il certificato di riconoscimento di genere. Ho pedalato fino a dove dovevamo incontrarci e l'ho abbracciato mentre i miei piedi toccavano terra. Si è preso un colpo pensando che lo volessi mettere sotto con la bici, non ho neanche provato a spiegarglielo, ma..."

"Ha funzionato?" chiese Flora, con tono urgente.

Cara scrollò le spalle. "Non mi sembra di aver ottenuto niente per me stessa e lui ha ottenuto il suo certificato. Quindi, forse ha funzionato?"

Ci eravamo guardatǝ.

"Be'," disse infine Elin. "Vale la pena provare. Giusto?"

Di solito non pianificavamo mai i percorsi, o almeno non su carta, ma stavolta sembrava dovessimo pensarci in anticipo. Avevamo bisogno di qualcosa di molto grande per avere un impatto sufficiente e tutte le vie che ognunǝ di noi conosceva non sembravano abbastanza. Dovevamo fare qualcos'altro, mettere insieme i pezzi della città.

Rannicchiatǝ attorno al tavolo del pub cercando di capire come farlo, ci siamo resǝ conto in maniera abbastanza rapida che le minuscole mappe sugli schermi dei telefoni non avrebbero funzionato. Cara andò alla stazione di servizio in fondo alla strada prendendo in prestito un *A-Z Map* e una biro. Stile vecchia scuola. Tracciammo tutti i percorsi che conoscevamo attorno all'edificio occupato, rendendoci conto che potevamo collegarli e creare un anello, partendo e finendo proprio lì.

"Cerchi," disse Cara. "I cerchi devono essere più forti, giusto?"

La campanella suonò annunciando la chiusura del bar: le dieci e mezza – l'Oak manteneva il tradizionale orario domenicale. Di solito non avevamo molta fretta di andarcene, ma quella sera...

"Allora andiamo." disse Elin alzandosi.

Non volevo la responsabilità di guidare le altre e, come me, nessun'altra. Una volta arrivatǝ lì siamo rimastǝ fuori dall'edificio per un momento a guardarci tenendo le bici. La tensione nell'aria, ma senza muoverci.

"Ci alterneremo," disse Cara, alzando appena il mento. "Credo che sia il modo più giusto, per farlo." Si rivolse a Flora. "Tu dovresti essere l'ultima. Sei quella più legata alla casa."

Il guaio era che si trattava di una magia empatica, eravamo noi a inventarcela mentre procedevamo,, basandoci solo su ciò che per noi aveva senso, su ciò che era successo prima o sul pizzicore che ci provocava ai pollici. Poteva anche non fare alcuna differenza farlo così. Poteva non fare alcuna differenza farlo. Certo, Cara ci aveva detto che era stata in grado di trasferire quel qualunque cosa fosse –potere, fortuna o quel che volete – ma in quel caso si trattava di una persona, non di un'istituzione e non era nemmeno sicura che fosse davvero successo.

Dovevamo provare, però. No?

"Inizio io," dissi in maniera brusca, volendo all'improvviso fare qualcosa e cambiare le cose. "Conosco meglio questo pezzo del percorso." Era la verità.

"Io faccio il secondo," disse Cara. "Elin, ti va bene il terzo?"

Agganciai il piede al pedale e lo tirai su per impostarlo bene, raddrizzando le spalle. I semafori sulla strada principale erano rossi, così diedi un'occhiata alle altre per assicurarmi che fossero tutte pronte.

Il semaforo diventò color arancio.

"Andiamo," dissi, spingendo sul pedale. "Forza."

La prima parte era abbastanza facile. In realtà, mi sembrava un po' di imbrogliare, ma era davvero il pezzo che conoscevo meglio. Andammo a nord della strada dall'edificio occupato, dritte attraverso i primi semafori. Di giorno avremmo potuto proseguire attraversando anche il secondo semaforo, ma a quell'ora della notte li beccavi solo una volta ogni due giri e non ero in grado di vedere in quale si trovavano quando eravamo partitɜ. Mi diressi invece verso le stradine secondarie, a destra, a sinistra e poi di nuovo a sinistra, mentre le altre mi seguivano. Rallentai per far passare un taxi all'incrocio successivo, poi mi ci misi dietro.

Più avanti, le luci dell'incrocio diventarono rosse e il segnale acustico del pedone risuonò. Rallentammo ancora e ancora. Non si trattava una lunga pedalata, potevamo farcela. Di nuovo aranciolampeggiante, ma avevo visto il semaforo successivo diventare rosso, così mantenni un ritmo o lento fino a quando non lo avevamo quasi raggiunto e stava diventando arancio quando lo superammo, accelerando.

Ancora una svolta a sinistra, di nuovo nelle strade laterali e adesso era il turno di Cara. Aveva la rotonda di Old Street, un'interconnessione bastarda, ma cronometrando in maniera perfetta ci aveva tolto di mezzo ben tre quarti del giro, nonostante il tipetto da corse tra ragazzini che aveva cercato di spaccare il nostro gruppo a metà strada. Sincronizzatɜ, senza pensarci su, gli avevamo mostrato il medio tuttɜ insieme mentre sgasava e correva via. Coglione.

Arrivatɜ alla parte di Elin avevamo rischiato che andasse tutto all'aria, ma non era stata colpa sua. Un idiota ubriaco si era tuffato in avanti senza guardare e lei aveva dovuto sterzare – l'abbiamo fatto tuttɜ e Flora gli aveva imprecato contro – era un ritardo di un paio di secondi, tutto qui, avevamo perso i semafori successivi. Quella era sempre una stretta connessione. Vidi Elin iniziare a farsi prendere dal panico, così le gridai: "C'è una traversa a destra, prima del semaforo."

A destra c'era una via, ma anche un flusso costante di traffico che arrivava dall'altra parte, contro di noi. Rallentammo tuttɜ e poi di nuovo ancora, fino al punto di vacillare, cercando in disperatamente di rimanere sulle bici. Elin trovò un varco nel traffico, vi si lanciò, Flora con lei. Mi buttai, molto più vicina di quanto avrei dovuto, guadagnandomi un giustificato colpo di clacson da un autista arrabbiato.

"Merda, merda," sentii dietro di me, e voltandomi vidi Cara con i piedi a terra, che scuoteva la testa.

"Vai avanti! Vi raggiungo lì!"

Avrebbe funzionato lo stesso, con solo tre di noi, se eravamo in quattro ad aver iniziato il percorso?

Non c'era altro modo per scoprirlo se non andando avanti, fino in fondo.

"Abbiamo perso Cara," dissi, dopo aver raggiunto le altre due. "Dice di continuare."

"Tocca a me adesso," disse Flora, cupa. "Dai, su. Ultimo sprint."

E all'improvviso, tutto era perfetto, andando a posto come oro fuso, come quel momento in cui stai volando e niente può fermarti. I semafori cambiarono per noi, lo giuro; almeno due volte avevo pensato che non ce l'avremmo fatta, ma poi noi tre avevamo navigato serena, muovendoci come un'unica entità. La bici sembrava vibrare sotto di me.

Arrivammo all'ultima curva, trattenendo già la voglia di gioire.

"Merda!" urlò Flora, più avanti e il mio cuore sobbalzò.

Un gigantesco camion stava facendo lentamente retromarcia con un forte segnale acustico (a quell'ora della notte? I vicini saranno stati furiosi) verso il cantiere a poche porte di distanza dalla casa occupata, bloccando l'intera strada mentre lo faceva. Ci scambiammo degli sguardi rallentando. Si muoveva, ma fin troppo lento. Rallentammo ancora, quasi fino a fermarci, quando un piccolo varco si aprì tra il camion e il marciapiede, proprio sul lato sbagliato della strada.

Vidi il piccolo spostamento del peso di Flora sulla sella mentre prendeva una decisione. Si tuffò dall'altra parte della strada, pedalando al volo, scivolò intorno all'estremità del camion e, senza pensarci troppo, seguii il suo esempio. Sfiorando il paraurti dell'auto dall'altra parte, che aspettava paziente il suo turno, feci una smorfia di scusa all'autista – non stavamo facendo alcun favore all'immagine dei ciclisti quella sera – e sentii Elin imprecare mentre mi seguiva. Il camion continuò a muoversi, mentre l'auto iniziava ad avanzare subito dopo che Elin aveva superato il paraurti. Riuscivo già a vedere Cara in piedi nel cortile davanti all'edificio, che saltava su e giù. Adesso ero proprio alle calcagna di Flora, e lei svoltò a sinistra nel vialetto della casa occupata, andò dritta fino al muro e frenò bruscamente. Cadde di lato e io la seguii subito, come in una gara di inseguimento a squadre in un velodromo, Flora, io, Elin, uno due tre.

Caddi contro il muro, colpendo forte la spalla, mentre la testa risuonava come una campana. Sentii tutto ciò che si era accumulato dentro di me defluire, il formicolio nelle dita che si faceva strada attraverso la mia pelle... da qualche altra parte. Nell'edificio? Aveva senso?

Sganciai il piede destro lasciando che toccasse il terreno, poi il sinistro e crollai sul manubrio. Mi sentivo stancə in modo incredibile, molto più di quanto fosse ragionevole dopo quanto avevamo pedalato. Dietro di me, potevo sentire il respiro affannato di Elin.

"Fantastico," disse Cara. "Ce l'avete fatta! Scusatemi se mi sono fermata."

"Meglio lasciar perdere che farsi schiacciare," dissi. "Che è quasi quello che è successo a me comunque."

"L'ultimo pezzo attorno al camion è stato fantastico," disse Cara. "Siete apparsə dietro l'angolo come, non so, dellə fottutə Valchirie o qualcosa del genere."

"Furie," disse Elin. "In sella alla giustizia."

"Per favore, dimmi che nessuno ha ucciso nessuno," commentò, il che sembrò abbastanza divertente da farmi ridere fortissimo.

"Pensi che abbia funzionato, però?" Elin pose la domanda che ci stavamo facendo tutt3.

Flora sospirò. "Non so. Immagino che lo scopriremo domani."

"Se esiste un po' di giustizia a questo mondo..." disse Cara cupa.

"Bene. Se c'è, immagino che abbiamo cercato di evocarla," disse Flora sorridendo a tutt3 noi, sembrando più che esausta lei stessa. "Grazie mille. Lo apprezzo davvero."

Qualunque cosa fosse successa ora, almeno ci avevamo provato.

"Se ha funzionato, però," disse Cara, pensierosa, "se ha funzionato... qual è la prossima mossa?"

Ci guardammo intorno, osando sperare. Sentii di nuovo quella scintilla nelle dita, mentre un sorriso si faceva strada sul mio viso e su quello delle altre.

Beh, non è che non sapessi già che le bici potevano cambiare il fottuto mondo.

Il nono ciclo

di Gretchin Lair

traduzione di Chiara Rizzo

Gretchin Lair è un'astronoma non richiesta che finge pazienza, un'avventuriera gentile, calligrafa in via di guarigione, poetessa incompiuta e geek obsoleta. È allergica alla coercizione, soprattutto quando viene spacciata per un vantaggio.
gretchin@scarletstarstudios.com

Era il primo perfetto giorno di primavera dell'anno. Un raggio di sole obliquo illuminava in modo altrettanto perfetto un gatto soriano grigio che riposava su una sedia di vimini, gli occhi pacificamente chiusi, le orecchie che si contraevano di tanto in tanto quando la brezza vi soffiava attraverso. Il resto del portico rimaneva all'ombra e due cani erano distesi lì vicino: un pastore tedesco tutto nero con fini peli bianchi attorno al muso e un giovane border collie con una macchia nera su metà della faccia. Oltre la porta a zanzariera, si potevano sentire i rumori del pranzo in fase di sgombero, ma era una giornata così bella che nessuno dei due cani desiderava essere dentro a chiedere l'elemosina. La gente passeggiava per il quartiere, ammirando gli alberi dalle foglie verdi o i crochi che spuntavano dalla terra invernale.

All'improvviso Shadow, il cane più anziano, alzò la testa, le orecchie dritte. Prima ancora che la bicicletta fosse in vista, si lanciò verso la recinzione, abbaiando. Whidbey saltò giù per i gradini per seguirlo in un lampo, abbaiando anche lui. Sage rimase sulla sua sedia, tenendo gli occhi chiusi mentre sentiva l'imprecazione del ciclista, il telaio che cigolava e le ruote che ticchettavano mentre prendeva velocità.

Dopo che la bicicletta fu passata, i cani tornarono in veranda. Shadow crollò, ansimando, mentre Whidbey annusava su per le scale e intorno alla sedia.

"Hai visto?" chiese Whidbey a Sage, scodinzolando. "Non è stato divertente?"

Sage aprì un occhio verde, poi l'altro. Sbadigliò languida, con la bocca spalancata di denti.

"Perché insegui le bici, cucciolo?" chiese. Whidbey non era più il simpatico cucciolo che era stato un anno prima, ma Sage era una vecchia gatta. Whidbey sarebbe sempre stato un cucciolo per lei.

Whidbey si sedette. "Non lo so! È divertente, però! A Shadow piace!"

Dopo una pausa, Shadow disse: "Corrono veloci."

Sage disse: "Ma non rappresentano una minaccia. Inseguiresti le nuvole? Passano allo stesso modo."

Whidbey piegò la testa di lato, piegando un orecchio floscio. "È una buona osservazione."

Shadow sbuffò. "Le biciclette! Le odio. Non hanno rispetto. Hai sentito? Questa ci ha maledetto mentre difendevamo il nostro territorio."

Sage disse: "I difetti negli altri possono essere i riflessi delle nostre stesse afflizioni. Ciò a cui resisti persisterà."

Whidbey sembrava confuso e pensieroso allo stesso tempo. Shadow sbuffò di nuovo, le sue labbra sbattevano mentre si sistemava il naso tra le zampe. "Gatti! Non capiranno mai."

Caddero tutti in un silenzio piacevole, godendosi i freschi profumi della nuova stagione. Sage chiuse di nuovo gli occhi. Whidbey percorse il portico, interessato a un mucchio di foglie che non erano mai state spazzate via fin dall'autunno, prima di stabilirsi accanto a Shadow. I campanelli eolici del vicino risuonavano dolci nella meditazione melodica.

D'un tratto Shadow si irrigidì, poi corse verso la recinzione. Whidbey lo seguì, abbaiando in armonia aritmica. Passarono due giovani in bicicletta, uno quasi sbandando sull'altro per la sorpresa. "Cani stupidi!" gridò. Shadow, offeso, iniziò ad abbaiare più forte, scalpitando verso il cancello. "Non sono stupido! Sei tu lo stupido! Scendi da quella cosa e combatti con me come un cane, bastardo! Se ti prendo ti mordo ti mordo ti mordo!"

"Accidenti, Shadow!" disse Whidbey. "Pensavo che dovesse essere divertente!"

Shadow lo ignorò e continuò ad abbaiare, anche se le biciclette erano scomparse da tempo.

"Shadow! Stai zitto!" gridarono all'unisono due donne dalla casa.

Whidbey, annoiato, tornò al portico, fermandosi prima a indagare sulla vecchia collinetta di una talpa sul prato. Si sdraiò vicino alla sedia, guardando Sage con un occhio marrone e l'altro azzurro.

Gli acuti lineamenti felini di Sage si ammorbidirono. "Cosa ti turba, cucciolo?"

Whidbey piagnucolò piano. "Pensavo fosse divertente inseguire le cose! Ma non credo sia divertente per Shadow. Perché è così?"

Sage si sedette con un movimento così fluido che Whidbey non poteva dire se si fosse mai sdraiata. Cominciò a lavarsi una zampa. "È in balia delle vecchie abitudini. Shadow potrebbe non sapere nemmeno perché lo fa."

"Perché tu non insegui le cose?" chiese Whidbey.

Sage ridacchiò, un suono morbido come un incrocio tra le fusa e un sospiro. "Oh, lo facevo, cucciolo. Chiedi a qualsiasi corvo del vicinato. Ma sono quasi alla fine del mio ottavo ciclo e non confondo più il dovere con il desiderio."

Whidbey inclinò la testa. "Il tuo ottavo ciclo?"

Sage si stiracchiò. "Tutti i gatti rinascono fino a nove volte, a quel punto raggiungiamo l'illuminazione. Più e più volte ci scontriamo con ciò da cui abbiamo più bisogno di imparare. Ad ogni ciclo ci alziamo più saggi di prima."

Gli occhi di Whidbey erano spalancati, la bocca appena aperta. "Rinascere? Come ci si sente?"

Sage disse piano, lo sguardo distante: "È come la luna sull'acqua. È come vedere oltre l'oscurità."

Era chiaro che Whidbey, non riteneva soddisfacente quella risposta ma sapeva che era meglio non dirlo. Invece le chiese: "E per quanto riguarda i cani? Abbiamo dei cicli? Raggiungiamo mai l'illuminazione?"

Sage iniziò a lavarsi dietro l'orecchio. Poi disse: "Forse. Non sono un cane, quindi non lo so. Ma so che tutti gli esseri possono aspirare alla pazienza, al distacco e alla flessibilità dei gatti."

Lanciò un'occhiata a Shadow, che era ancora al cancello, abbaiando a intermittenza. "Ma Shadow è un cane, quindi prova delle difficoltà a causa della sua natura. Anche tu, cucciolo. Dovrai praticare la meditazione per goderti l'andirivieni del mondo senza farti scatenare da esso. Se raggiungerai la consapevolezza, le cose diventeranno chiare come una ciotola d'acqua fresca."

Whidbey si grattò dietro un orecchio, cercando di capire. Le sue piastrine tintinnavano.

Dopo un ultimo latrato, Shadow tornò nel portico. "Maledizione," ringhiò. La lingua penzolava dalla bocca, esausta per lo sforzo.

Sage disse con dolcezza: "Non cercare difetti negli altri. Se si comportano in modo sbagliato, non c'è bisogno che tu ti procuri sofferenza."

Shadow rispose rigidamente: "Io non sto soffrendo!"

"E allora perché sei così arrabbiato?" chiese Whidbey.

Shadow esplose: "Nessuno apprezza tutto quello che faccio per tenerci al sicuro! Siamo solo in due. Dobbiamo abbaiare come se fossimo un branco più grande! Me l'ha insegnato Blitz!" Shadow era un cane da canile e spesso raccontava storie dell'altro cane con cui aveva vissuto nella sua prima famiglia.

Sage si sistemò di nuovo sul cuscino. "Io miagolo solo quando migliora il silenzio."

Shadow disse: "Beh, è fantastico se sei un gatto. Ma io sono un cane! Non mi scuserò per questo. Dentro di me sono ancora un lupo."

Venne a crearsi un silenzio imbarazzante. Sage sollevò una gamba e iniziò a lavarla, mentre Whidbey si lasciava cadere su un fianco, masticando una vecchia palla vicino alla sedia. Shadow si rilassò, stendendosi sul portico, il naso che pendeva dal gradino più alto. Un colibrì si librava nelle vicinanze, cinguettando e immergendosi nell'interno tenero prima di sfrecciare in un altro cortile. Il sole si era spostato a coprire l'intera sedia, quindi Sage si allungò, con gli occhi sfolgoranti nella luce.

Shadow di colpo alzò lo sguardo. Corse giù per i gradini del portico, abbaiando e spingendo contro il cancello per reggersi sulle zampe posteriori. Whidbey lo seguì, meno entusiasta del solito.

Una donna di mezza età su una e-bike bianca pedalava piano, era chiaro che si stava godendo la giornata finché Shadow non iniziò ad abbaiare. Lei sussultò, perdendo il controllo della bicicletta. Scivolò e cadde in strada, gridando.

Proprio in quel momento, il cancello cedette. Shadow uscì in un istante e corse verso la donna, che alzò lo sguardo, terrorizzata, affrettandosi a mettere la bici tra lei e Shadow. "No!" Urlò. "No! Vai via! Vai a casa!"

Whidbey, che non era mai uscito dal cancello senza guinzaglio, era euforico. Anche lui corse verso di loro, abbaiando felice. Shadow si fermò a circa due piedi dalla donna, abbaiando, ma Whidbey le saltò intorno, agitando le zampe, la bocca aperta. La donna vide i suoi denti e strillò, scalciandolo. "No! Cane cattivo! No!" Whidbey guaì, non capendo perché la donna fosse così arrabbiata con lui.

La porta a zanzariera si aprì di colpo. "Shadow! No! Shadow! Fermati!" Due donne in pigri abiti da domenica corsero verso i cani. Una con i capelli corti e ricci afferrò Shadow per il collare, tirandolo via. L'altra, una donna con una lunga coda di cavallo, rimase indietro finché non si accorse che Whidbey stava ancora abbaiando e corse verso di lui. Whidbey fece un paio di passi indietro, evitando la sua presa.

"Whidbey! No!" Si allungò verso di lui e lui saltò di rimando con un latrato acuto. La coda di cavallo ondeggiava mentre lei cercava di prenderlo. Il cane si voltò e iniziò a correre per la strada. "Whidbey! Vieni, Whidbey! Vieni!" Lui si fermò, voltandosi verso di lei, ma mentre lei gli correva incontro, corse via di nuovo. "Whidbey!" Lui rallentò, si voltò. La donna della casa ora era seduta sui talloni sul marciapiede, accarezzando il terreno accanto a lei e sorridendo. "Vieni, Whidbey! Vieni qui cucciolo!"

Si avvicinò con cautela e quando le fu abbastanza vicino, lei lo afferrò per il collare e lo prese tra le braccia. "Sei cattivo, Whidbey," disse, senza malizia. "Cane cattiiivo."

Le donne scortarono Shadow e Whidbey nel cortile. La donna dai capelli corti controllò due volte il cancello per assicurarsi che fosse sicuro, poi entrambe presero a scusarsi con la donna con la bicicletta, che si stava controllando un graffio sul ginocchio.

Whidbey corse dritto in veranda senza annusare nulla e si nascose dietro la sedia. Shadow si precipitò su per i gradini.

"Che ti succede, cucciolo?" scattò Shadow.

Whidbey piagnucolò, strisciando. "Sono un cane cattivo! Mi dispiace così tanto!"

Shadow sfruttò il suo vantaggio di alfa. "Questa è una cosa seria! Non si morde, mai e poi mai! Abbaia e basta!"

Whidbey disse: "Ma non l'ho fatto! Non ho morso! E tu mi avevi detto...!"

"Dimentica quello che ti ho detto! Se mordi, potrebbero portarti via! Blitz è stato portato via! Non perderò anche te!"

Sage balzò lievemente dalla sedia per sedersi accanto a Whidbey, di fronte a Shadow, disse: "È anche colpa tua. Le tue parole e le tue azioni non erano coerenti. Guarda, ora, come gira il ciclo. Il giovane cane sta soffrendo per la rabbia del vecchio."

Le donne tornarono a casa. Mentre passava, quella con la lunga coda di cavallo si chinò e accarezzò Sage. "Insegna a questi cani un paio di cose sul rilassarsi, ok, Sage?" Sage chinò la testa contro la mano della donna, abbandonandosi alle sue premure.

Dopo che le donne furono rientrate, Sage si rivolse a Whidbey. "Stai facendo solo quello che fanno gli altri, cucciolo, come ha imparato a fare Shadow. Non preoccuparti dei giudizi esterni: gatto buono, gatto cattivo, è lo stesso. Questi nomi passano come la brezza primaverile e spariscono." Saltò di nuovo sulla sedia, anche se la luce del sole si era spostata.

Shadow sembrava sul punto di obiettare quando le sue orecchie tremarono e si irrigidì. Aveva chiaramente sentito un'altra bicicletta e cercava di trattenersi. Whidbey lo osservò con attenzione. Passò un uomo con un berretto sbarazzino in sella a una bici da carico, portando terriccio e un contenitore con delle piante da giardino. Shadow in pratica vibrò per la concentrazione, finché alla fine non riuscì più a contenersi e saltò giù dal portico. Il suo latrato però era incerto e lui si fermò a una trentina di centimetri dalla staccionata. In poco tempo la bici era già lontana.

"Shadow!" gridarono le donne all'unisono dalla casa.

Whidbey si spostò in cima alle scale, osservando Shadow. "Hai detto che hai avuto otto cicli, ma io ne ho solo uno. Come farò a fare le cose per bene?"

Sage sorrise, anche se Whidbey avrebbe potuto dirlo solo per la leggera contrazione dei suoi baffi. "Non hai bisogno che io ti spieghi il bene e male, cucciolo. Questo è solo l'inizio. Ho il compito di aiutare gli altri a raggiungere l'illuminazione prima del mio nono ciclo e tu puoi aiutare anche con uno solo. Chi lo insegnerà a Shadow se non lo facciamo noi?"

Come se fosse stato convocato, Shadow trotterellò di nuovo nel portico: "Beh, credo di poterlo lasciare andare via solo con un avvertimento per adesso," commentò.

La coda di Whidbey si mosse una volta. "Che velocità. Penso che tu stia imparando, Shadow!"

Shadow strinse gli occhi mentre si sedeva. "Imparare? Che cosa avresti tu da insegnarmi, cucciolo?"

"A volte è divertente anche solo guardare le bici che passano," disse Whidbey, con un sorriso spontaneo che si allargava. "Sembrano davvero felici. Non vuoi essere felice, Shadow?"

"Vedo che la gatta ha già allungato gli artigli su di te," disse Shadow, rassegnato.

"Abbandona il tuo attaccamento al mondo per come desideri che sia e potrai essere felice con il mondo così com'è," disse Sage, chiudendo gli occhi serena. "Sono un gatto, ma non voglio niente e non rispondo a nessuno. Non ho più bisogno dello spago o della scatola di cartone. Io..."

Sage si fermò all'improvviso. I suoi occhi si aprirono di scatto, le pupille dilatate. Saltò dalla sedia così velocemente che i cani quasi non se ne resero conto, scivolando oltre la porta a zanzariera. Udirono una donna inciampare e gridare: "Dannazione, Sage!" I cani caracollarono alla porta per sbirciare all'interno, dove potevano vedere Sage strofinarsi contro le gambe della donna mentre apriva una lattina di cibo per gatti.

Shadow sorrise a Whidbey. "Immagino che nessuno sia perfetto."

"Non in questo ciclo, comunque." Concluse Whidbey.

Indice

Progetto grafico di Alda Teodorani
Illustrazione di copertina di Paolo Castelluccio